MA VIE CHEZ LES MILLIARDAIRES RUSSES

Marie Freyssac a 30 ans. Ancienne journaliste, elle est devenue gouvernante en Russie et a repris depuis peu sa profession initiale.

MARIE FREYSSAC

Ma vie chez les milliardaires russes

STOCK

ISBN : 978-2-253-17792-0 – 1re publication LGF

À une famille que je n'oublierai jamais

Avant-propos

Le luxe ? Un plaisir. Une habitude. Une obligation, même, quand on devient milliardaire à Moscou. Engloutir du caviar au petit-déjeuner, se déplacer en jet privé ou partir en vacances sur son yacht, c'est le minimum syndical.

J'ai vécu comme préceptrice française chez ceux que l'on appelle les « nouveaux riches », les « oligarques ». Leur particularité : être russes. Généreux, attachants, patriotes, ils n'ont rien à envier, une fois brisée la glace, à leurs concitoyens rencontrés dans la capitale. Gardiens de l'âme slave à laquelle ils croient eux aussi, ils laissent libre cours à leur nature tout en démesure.

Mes compagnons de fortune, échoués dans d'autres familles, me décrivaient pour la plupart un univers superficiel et sans pitié. Crises d'hystérie de la maman, paire de caméras dans chacune des pièces de la maison, renvoi pour avoir subtilisé un fruit dans le réfrigérateur, fouille d'appartement suite à un soupçon abusif de vol de collier… J'ai eu de la chance. Rien de tel dans celle que j'ai côtoyée. J'ai découvert un couple et des enfants charmants, respectueux. Mais aussi un univers de paillettes, souvent surréaliste, en tout cas impossible à imaginer pour le quidam que je suis.

Ni exhaustive ni objective, et en brouillant les pistes, toujours, j'ai tenté de rendre compte de situations vécues dans le monde stupéfiant des milliardaires et du quotidien parfois brutal des Moscovites. De la vodka-médicament aux grands crus utilisés en cuisine, du goûter d'anniversaire digne d'un mariage en grande pompe à la leçon de golf en pleine mer, du passager exalté du Transsibérien jetant littéralement son argent par la fenêtre aux quelques brasses d'une babouchka en immersion dans l'eau glacée… Sympathiques, cocasses, atterrantes parfois, les saynètes rapportées ici dépeignent quelques-uns des excès de cette société.

Immersion

« Tu travailles trois jours, avec un seul enfant à la fois, puis tu as trois jours off. Les gouvernantes russe et anglaise prennent le relais. On tourne. Liza parle très bien le français. Tu lui donnes une demi-heure de cours par semaine, ou même moins, parce qu'elle a déjà beaucoup de devoirs en russe. Le matin, tu la réveilles, elle se prépare seule et tu l'accompagnes à l'école. Bref, avec elle, tu es libre de 9 heures à 16 heures… Quand tu travailles avec Aliocha, tu l'emmènes à la piscine le mardi et le jeudi, à part ça, tu joues avec lui, tu le balades, et l'après-midi il fait la sieste de 14 heures à 17 heures. La maman est adorable et très disponible. La philosophie du papa, c'est que tout le monde doit être heureux au travail. C'est la famille la plus humaine que je connaisse à Moscou, et je suis passée par des cas… – une famille d'alcooliques, notamment, la fillette de sept ans comprise… Bref, en plus du salaire, les Sokolov te paient ton appartement dans le centre et tout ce dont tu as besoin pendant les vacances que tu passeras à leurs côtés.

— C'est un job de rêve en somme ?!

— Mmm… Oui, tu dois quand même être en permanence à leur disposition, surtout lorsqu'il est question de les accompagner en voyage. Il faut que tu sois flexible. Bon, désolée, je dois te laisser, le masseur est là, c'est mon tour… Si tu es toujours intéressée, je leur soumets ton CV. »

Je raccroche, abasourdie. C'était Solenne, la « préceptrice française » que j'ambitionne de remplacer pour 4 000 euros d'argent de poche mensuels – c'est l'annonce qui le dit ! Quand je décris le poste à mon père, il m'imagine déjà sous le joug d'un réseau de prostitution… Je tente de le rassurer : d'ordinaire, les maquereaux ne recrutent pas *via* l'ANPE.

Quelques jours plus tard, Solenne me rappelle. Ma lettre de motivation a charmé la maman. Tant mieux, la future ex-gouvernante commençait sérieusement à se lasser. Lorsqu'elle a annoncé, voici plusieurs mois, sa décision de rentrer en France, elle s'est engagée à dénicher sa remplaçante avant son départ. Seulement, jusqu'à présent, aucune des candidates n'avait trouvé grâce aux yeux des parents. Solenne me rassure : « Avec ton background, si tu sais tenir une fourchette et que ta manucure est faite, ça ira… » L'entretien est fixé au surlendemain en Allemagne. « Tu verras, ils sont très riches, mais simples. Eux ne paradent pas dans Moscou avec la Rolls-Royce en période de *slush*[1]… » Cet argument massue me laisse dubitative. Je les imagine sur leur trente et un, hypersophistiqués et distants.

---

1. Neige fondue qui tourne en boue tenace et repeint voitures et chaussures.

C'est un couple avenant en tenue de sport décontractée que je rencontre à l'hôtel InterContinental, où ils m'ont donné rendez-vous. Elle : grande blonde, élancée, la trentaine. Lui : chauve, replet, la cinquantaine bien tassée.

« Il faut les accompagner à l'école, aux activités extrascolaires et leur enseigner le français en s'amusant », commence Madame, en anglais, avant de détailler les emplois du temps respectifs de ses deux rejetons. Monsieur, qui lui m'a scannée des pieds à la tête – ongles compris – avant de me serrer la main, coupe la parole à son épouse : « Ils doivent ranger eux-mêmes leur chambre. Il faut que vous leur donniez envie de ranger leur chambre. » Il insiste, puis : « Bon, vous fumez ?

— Non.

— Vous avez une allergie particulière ?

— Non.

— Vous êtes végétarienne ?

— Non.

— Vous avez le mal de mer ?

— Non.

— Vous buvez ?

— Oui. Euh… modérément, un verre de vin de temps à autre, je suis française. »

Fin de l'entretien pour lui, il s'éloigne, téléphone à l'oreille. Madame semble plus inquiète, griffonne sur un petit bout de papier. Je lis : 5 000. « C'est le salaire. » Un employeur qui propose 1 000 euros de plus que dans son annonce… J'acquiesce sur-le-champ. « Vous savez, Moscou, c'est une ville difficile et très dangereuse. Vous devriez venir faire un essai la semaine prochaine pour voir si ça vous plaît, et si tout se passe bien avec les enfants. » Lorsque je lui explique que, au poste que j'occupe actuellement, je ne peux pas prendre de congé quand je le souhaite et encore moins au dernier moment, elle paraît presque offusquée. « Mais je connais déjà un peu Moscou et j'ai vraiment envie d'y vivre. » Elle hèle son époux pressé, toujours en ligne, lui explique la situation en russe. « C'est bon. » Ses désirs sont des ordres. Pour me rembourser des frais de transport et d'hôtel, sans même jeter un œil aux factures, il me tend un billet de 500 euros. Dix-huit heures de train aller-retour pour vingt minutes d'entretien. Non, je ne regrette rien.

Quinze jours plus tard...

Un peu anxieuse, j'attends la famille en sirotant un thé au bar du Ritz. En bon quidam, l'idée ne m'était jamais venue de pénétrer dans cet hôtel de luxe tout en dorures et boiseries d'acajou. Madame surgit d'un pas sûr et déterminé (pas si évident en Louboutin à talons de 12) et, un sac en croco ostensiblement siglé Gucci pendu à son bras gauche, donne discrètement des ordres aux valets. Mes deux futurs boss escortent leur mère : Liza, jolie blondinette de sept ans à l'air espiègle, qui se cache quand je lui dis bonjour, et Aliocha, quatre ans, tout mignon avec son petit nez rond, qui se montre d'emblée très câlin. En fin connaisseur des lieux, il me prend la main pour me conduire vers l'ascenseur. Trois jolies jeunes femmes suivent le convoi, des nounous : une Anglaise, une

Russe et Solenne, la Française, que je vais remplacer d'ici trois semaines. Il est prévu que je leur prête main-forte le soir et le week-end – les enfants bien nés requièrent beaucoup d'attention. Le personnel de l'établissement, aux petits soins, semble apprécier la tribu, particulièrement choyée. Rien d'étonnant à cela vu la liasse de billets tendue en guise de pourboire à ceux qui ont monté dans la suite familiale la dizaine de valises Louis Vuitton bouclées pour la semaine…

Pas de promenade prévue, Liza est épuisée par le vol – en jet privé – et préfère donc visionner le DVD de *Barbie à Paris* étendue sur son lit à baldaquin, ou jouer à la serveuse. Aliocha s'amuse, lui, avec ses petites voitures de collection dans la chambre attenante. En fin d'après-midi, Nastia, leur mère, me confie la mission de commander le dîner. « Choisissez aussi ce que vous voulez manger, tout ce que vous voulez. » Je me décide prudemment pour une soupe à 40 euros. Peu familière de ces règles sociales auxquelles je vais devoir m'adapter, j'hésite à appeler le room service. Liza, quant à elle, a l'habitude, elle m'arrache le téléphone des mains et compose sans tergiverser le bon numéro. Le repas arrive. Le champagne aussi. Liza et sa mère, restée debout, prennent à peine le temps de dîner avant de partir pour l'opéra dans leurs robes Dior et leurs fourrures. Solenne est de la partie, tandis que moi, j'expérimente mon nouveau métier de baby-sitter auprès d'Aliocha.

Le lendemain, on frappe à la porte. C'est Jacques, le « concierge » de la famille quand elle séjourne dans la capitale, un Parisien obséquieux vêtu d'un élégant manteau en cachemire. Payé pour exaucer les vœux urgents, de la location du chauffeur qui conduira les enfants au carrousel de la tour Eiffel à l'achat d'un lisseur GHD Scarlet édition limitée Deluxe indispensable aux cheveux de Nastia, Jacques s'est démené pas plus tard que la veille pour dénicher, au dernier moment, des billets pour un ballet. Il n'est jamais bien loin, en cas de besoin.

« Les voitures sont arrivées », annonce-t-il. La troupe quitte l'hôtel, les valises aussi. Après un trajet de trois minutes, les taxis s'arrêtent avenue Montaigne au pied d'un immeuble haussmannien. Fatigué de descendre au Ritz à chaque virée parisienne, c'est-à-dire deux fois par an environ, le couple a fait rénover un appartement pour se sentir « comme à la maison ». Ce pied-à-terre à plus de 10 000 euros le mètre carré devrait les changer du cadre impersonnel et trop conventionnel du Ritz. Le style semble pourtant identique, mais ce sentiment est sans doute dû à mon manque de discernement…

Lustres, bougeoirs, tapis anciens, fauteuils XVIIIe, colonnes de marbre… La porte d'entrée franchie, je suis comme dans un château, la vue sur la tour Eiffel en plus. Solenne m'invite à passer au salon. J'ose à peine m'asseoir sur l'un des canapés Louis XVI. Et ce miroir baroque, immense, qui surplombe dans son cadre doré la cheminée, peut-être est-il là pour agrandir la pièce ? Celle-ci, il est vrai, ne dépasse pas les quarante mètres carrés. Liza arrive en trombe, grisée par la nouveauté. « Viens voir ! » Je la suis prestement jusque dans la suite parentale. Là, elle appuie sur un bouton : un écran plat sort du plafond.

L'astuce a été imaginée par JPM – vous ne connaissez pas JPM ? –, l'architecte qui a réaménagé l'intérieur des lieux en veillant à préserver l'authenticité du décor. « Touche ! » m'ordonne-t-elle. « Ah, c'est doux ! » Les murs sont tapissés de fourrure marron. Original, tout à fait coordonné au style Versailles. Savourant mon émerveillement, Liza ajoute avec frénésie : « Et dans le salon, la télé est derrière le miroir, on ne la voit que quand on l'allume ! » Elle se met à courir dans le long couloir drapé d'une tenture rayée bleu et or. Je la suis pour une visite éclair : vestiaire, toilettes des invités, cuisine d'appoint, suite de son frère. Enfin, on arrive dans sa chambre. Elle saute sur son lit à baldaquin et me laisse découvrir, sans dissimuler sa fierté, sa salle de bains aux robinets dorés. « Maintenant, on joue aux PetShop ! » Solenne passe une tête, m'offrant un court répit. « Je vais te présenter à Bruno, le chef français, tu ne l'as pas encore vu. » Je pensais avoir fait le tour de l'appartement ; j'avais oublié la blanchisserie et la cuisine, nichées derrière une porte automatique fondue dans le décor, au bout du couloir.

J'ai à peine le temps de découvrir le monde merveilleux des PetShop, ces figurines d'animaux très colorés capables de dormir dans un arbre aussi bien que de voyager en jet privé, que, tout juste descendu du sien, Artiom, le père, entre dans la chambre pour embrasser sa fille. Je les suis jusqu'à l'entrée et commence à bavarder en aparté avec ma collègue anglaise, en extase devant les panneaux chinois en bois laqué rouge qui recouvrent les murs de la salle à manger. Fier de son nouveau logement et heureux de nous entendre l'admirer, le maître des lieux s'approche : « Je vais aussi acheter un petit château, pas trop loin de Paris, avec un grand domaine. J'en ai besoin pour jouer au golf. » Il a aussi prévu quelques travaux pour un autre appartement, deux étages plus bas – celui-ci manque de surface pour l'aménagement de la salle de sport. Il y aura également un sauna et des chambres pour les invités. Soudain, la cloche retentit. Avant d'ouvrir la grande porte, Solenne jette un bref coup d'œil au petit écran de contrôle – le judas, c'est démodé – fixé à côté : un prêtre orthodoxe, reconnaissable à ses cheveux longs et à sa barbe non taillée. Nastia et Artiom l'ont fait venir tout spécialement de Moscou pour apporter quelques icônes et bénir leur demeure, comme l'exige la tradition. Un arrosage au champagne, du Dom Pérignon à plus de 100 euros la bouteille dont la moitié sera versée sur l'un des tapis anciens, suit l'aspersion d'eau bénite. « On doit aider le chef à apporter le caviar, le saumon, etc. », me souffle Solenne, tandis que je savoure ma coupe de champagne. Ils n'ont pas encore trouvé le temps d'embaucher une serveuse et un maître d'hôtel, qui s'occuperont de l'appartement à l'année. Jusque-là fort protocolaire, l'homme d'Église se met à courir avec les enfants dans les couloirs. Une attitude simple et décontractée qui lui vaut d'être très prisé par les familles les plus nanties de Moscou.

Un emploi en or... de potiche ?

Manucure impeccable, maquillage sans bavure, brushing lustré. Tandis que son compte en banque se remplit, la gouvernante soigne son apparence.

Elle se regarde dans le miroir quinze fois par jour et gagne le triple de son salaire précédent, pour l'équivalent d'un emploi à mi-temps. Dans le monde merveilleux des milliardaires, quoi de plus naturel ? Les Sokolov veulent des personnes « normales », critère flou mais indispensable, pour enseigner les langues à leurs enfants. Une normalité toute relative, lorsqu'on travaille trois jours sur six avec un revenu de dirigeant de PME – sans les charges, cela va sans dire. C'est fou, d'ailleurs, ce qu'on peut dépenser pour des choses qui deviennent soudain essentielles, comme dîner au restaurant chaque soir, se faire masser une fois par semaine ou prendre une femme de ménage – il ne s'agirait tout de même pas de se casser un ongle. Et puis il y a les trajets en jet privé, les hôtels somptueux, les vins délicats, l'été au soleil, les célébrités. Bref, la belle vie. Jamais loin de son petit mécène. En pratique, la part la plus importante du travail consiste à l'attendre.

Attendre l'heure d'aller le chercher à l'école, attendre qu'il se change, attendre qu'il cesse de téléphoner, de jouer avec son amie, que son cours de danse ou de tennis s'achève, qu'il veuille bien vous adresser la parole. On n'est jamais loin de développer un sentiment diffus d'inutilité.

Mon stage de méditation – dix jours cloîtrée dans un ashram sans échanger avec âme qui vive – entrepris quelques mois auparavant aura été salutaire pour parvenir à être toujours à portée de main tout en demeurant quasi invisible. Cela dit, n'étant pas une priorité, il faut faire preuve de caractère pour s'imposer. Car, lorsqu'il s'agit de commencer des exercices, ludiques bien entendu, de lecture, d'écriture, ce pour quoi vous êtes là en somme, sachez que le moment est toujours mal choisi. Et n'imaginez pas vous appuyer sur une once d'autorité parentale : vous êtes amplement rétribuée pour *donner envie* au petit maître de ranger sa chambre, faire ses devoirs ou lire en français, tout en accédant au moindre de ses désirs. Si vous avez l'âme d'un diplomate ou d'un maître chanteur, c'est parfait. L'enfant n'obéit pas, il pèse le pour et le contre, décide arbitrairement. Pas simple à gérer. C'est le grand 8 émotionnel. Grande sœur adorée, professeur honni, nounou-plante verte : vous serez tout cela selon les moments de la journée, les exigences et les humeurs.

Quelles perspectives d'évolution dans le milieu ? Eh bien, épouser soi-même un fils d'oligarque, pardi… La fonction reste essentiellement féminine, malgré quelques exceptions notables d'hommes lancés dans la « carrière ». Celles qui débarquent en Russie veulent voyager, rembourser un crédit, économiser pour acheter un appartement ou reprendre des études, fuir une rupture douloureuse en commençant une vie nouvelle. Certaines aiment ce pays. Beaucoup déchantent vite, insultées par leur patronne, tyrannisées par leur élève, baignant dans l'incertitude d'être remerciées du jour au lendemain… Ma chance, c'est de n'avoir jamais connu pareille atmosphère chez les Sokolov.

Portrait-robot d'un oligarque

Imaginez un heureux gagnant du loto.

Russe.

D'une aura soudainement irrésistible, il a séduit une jeune créature digne d'être shootée dans *Vogue*. Elle se languit de lui chaque jour dans son bunker protégé par une armada de gardes du corps.

Ses enfants, aussi précieux que ses milliards, sont de toute beauté. Il met d'ailleurs tout en œuvre pour en avoir beaucoup et ainsi afficher son patriotisme en participant au renflouement démographique russe. Les enfants ont intégré les meilleures écoles privées de Moscou ou d'Europe. Leur papa n'a même pas besoin d'acheter leurs diplômes.

Évidemment, l'oligarque russe s'est « occidentalisé » au fil des ans et des voyages d'affaires. Il n'utilise plus de cure-dents au restaurant, évite les chemises en strass et ne signe aucun contrat sous l'emprise de la vodka. Mais ses manières policées ne contiennent jamais longtemps sa nature slave. Excessive. Elle rejaillit parfois à l'occasion d'un feu d'artifice bling-bling. Une histoire drôle circule, qui illustre bien l'état d'esprit de cette nouvelle classe : « Deux nouveaux Russes se rencontrent. Le premier dit : "Regarde, j'ai une nouvelle cravate, elle m'a coûté 500 dollars !" Le second lui répond : "Imbécile ! Je connais un endroit où l'on peut acheter les mêmes à 800 !" » Malgré tout, on ne peut guère reprocher sans cesse à ces hommes leurs excès, qui se retrouvent dans leurs nombreux élans de générosité. L'oligarque russe ne lésine pas sur les pourboires. Pendant ses vacances en famille ou avec ses amis, c'est lui qui régale : avion, taxis, palaces, restaurants… Mais pas seulement. Chez les Sokolov, par exemple, tous ceux qui sont du voyage, employés compris, ont pour consigne de se faire plaisir. Le professeur de golf ne trouve pas de billet en classe business le jour où il devait partir ? On l'enjoint de grimper à bord du jet familial. Une gouvernante paraît fascinée par leur iPad ? L'assistante personnelle du couple est réquisitionnée dans les cinq minutes pour lui en acheter un. Une autre se sent particulièrement fatiguée ? On lui accorde quelques jours de repos supplémentaires. Un employé tombe gravement malade ? Il ira se faire soigner dans l'un des meilleurs hôpitaux privés de Paris et tous ses frais médicaux seront pris en charge. Un autre est remercié après que son alcoolisme a été découvert ? Si on s'en sépare, on lui paiera tout de même une cure de désintoxication avant son départ… La pratique entraîne parfois des abus, mais l'important, pour ce nanti qu'est l'oligarque russe, c'est d'être entouré d'âmes ravies d'appartenir à son cercle. Mais de quel cercle parle-t-on justement, et comment s'est-il enrichi ?

Malin en affaires, l'oligarque russe a fait fortune dans les années 1990. Avant cette époque, issu de la nomenklatura soviétique, il a déjà un bon niveau de vie et des connexions en haut lieu. Ou il a du cash, parce qu'il a développé un commerce juteux quand Gorbatchev a décidé, dans les années 1980, d'ouvrir partiellement l'économie. Ou bien il s'est approprié l'entreprise d'État qu'il dirigeait en rachetant pour une bouchée de pain les actions distribuées aux employés. Après l'effondrement de l'URSS, c'est pratique, on peut faire du business sans subir la contrainte d'un droit des affaires. Mais les jaloux sont nombreux. Le capitaliste nouveau défend donc âprement ses plates-bandes – sans se salir les mains, les sociétés de « sécurité » privées ne manquent pas. Sa passion pour la finance est telle qu'il fonde une banque. Proche du pouvoir, il prête un peu d'argent à l'État au bord de la faillite en 1995, contre beaucoup d'actions, et par patriotisme avant tout. Comme prévu, celui-ci ne peut le rembourser, donc l'oligarque rafle les meilleures industries du pays. Bref, il participe, sous Eltsine, au « hold-up du siècle ».

C'est pourquoi ses compatriotes le détestent tant. Pourtant, sans lui, sans son argent investi pour restructurer les usines héritées de l'ère soviétique et son lobbying pour créer des institutions, il n'est pas sûr que les Russes auraient aujourd'hui la possibilité de commercer sans anarchie, de devenir propriétaires sans risquer de se voir dépouiller et d'enregistrer une croissance moyenne du PIB de près de 5 % par an depuis 2001. Le peuple est ingrat. Il vote même en masse en 2000 pour Vladimir Poutine, autoproclamé

« briseur d'oligarchie ». Les règles changent : il faut payer ses impôts, cesser de contrôler les médias et se montrer docile envers le pouvoir politique. Sinon, l'oligarque a le choix entre l'exil, comme Boris Berezovski en Grande-Bretagne, ou la prison, comme Mikhaïl Khodorkovski, ex-patron de Ioukos. Le maître du Kremlin a ses chouchous premiers de la classe, mieux vaut en être. Après redistribution des cartes, l'oligarque nouveau modèle se fait discret en politique. Mais il tient toujours l'économie du pays[1]. En même temps, il est réaliste. S'il tombe en disgrâce, si le pouvoir change de main ou si le système s'effondre, il est paré. Ses innombrables et luxueuses propriétés – immeubles, maisons, châteaux, hôtels – l'attendent un peu partout en Europe et aux États-Unis… Hors des frontières de sa chère patrie.

1. En 2003, 22 hommes d'affaires ou groupes privés contrôlaient près de 40 % de l'industrie russe, selon le mémorandum de la Banque mondiale : « Russian Federation : From Transition to Development », mars 2005.

Sur la route du rouble

Fraîchement promue ambassadrice de la diffusion de la langue et de la culture françaises auprès de la famille Sokolov, je débarque dans la capitale des milliardaires. *Forbes* en compte 78 à Moscou, contre 58 à New York et 39 à Londres. Hormis les grosses cylindrées garées le long des boutiques de luxe et surveillées par des gardes du corps, la ville ne laisse rien paraître de son potentiel de refuge pour super-riches.

Je tombe sous le charme discret des gratte-ciel staliniens, tout droit sortis de Gotham City, et des habitants, aussi impassibles que le Lénine momifié de la place Rouge. Qu'on leur demande le chemin ou qu'on les bouscule, l'absence de réactivité des locaux est de rigueur. La glace se brise facilement dans les bars après une bonne rasade de vodka, mais, j'en ferai l'expérience, on s'expose à conserver ensuite pour quelques heures une voix à la Bonnie Tyler et un délicieux parfum de tabac froid.

Un appartement – dans le centre – m'est fourni avec le job. L'*ougol*, un énorme canapé d'angle marron, la télé vintage à l'image sautillante et les rideaux dorés à imprimé floral sont les seules vestiges de son passé soviétique. Le reste a été effacé par l'*evroremont*, la rénovation à l'européenne, ce qui suscitera l'admiration de mes visiteurs, généralement logés dans des endroits plus pittoresques. Je le partage avec ma collègue Daisy, gouvernante anglaise d'Aliocha.

Pour mon premier jour de travail, c'est d'humeur nostalgique que je tire un trait sur mon train de banlieue parisienne bondé et toujours en retard. Un chauffeur m'attend pour me conduire chez mes employeurs. Première mission, délicate et pénible : m'accoutumer au luxe.

Un léger sourire aux lèvres, je grimpe dans le 4 × 4 noir et lance un « *Dobri dien !* » jovial dans mon accent le plus pur. Hochement de tête du chauffeur et douche froide. Le malabar au regard impénétrable a l'air tellement figé que je me contente de ce minimum syndical. J'aperçois soudain dans le rétroviseur ma collègue russe, assise à l'arrière, tout aussi cordiale. Dans un moment d'incertitude, je pense : ils viennent de s'engueuler… Puis me rends à l'évidence : ces gens-là sont simplement dotés d'une solide capacité à demeurer silencieux devant une nouvelle recrue malgré la curiosité qui, j'en suis sûre, les ronge tout autant que moi. Solenne m'avait prévenue, mieux vaut attendre qu'ils se confient d'eux-mêmes avant de leur poser la moindre question. Même les plus anodines peuvent leur paraître suspectes. « C'est culturel. » Soit. Je vais faire preuve de patience – il m'en faudra beaucoup.

Heureusement, l'empilement de panneaux publicitaires surdimensionnés sur le bas-côté occupe mon esprit pendant que le Crossover file sur la route à deux fois huit voies. Soudain, mes yeux croisent ceux de Patricia Kaas. Affiché en 4 par 3, son visage incarne la beauté à la française pour la chaîne de boutiques de cosmétiques L'Étoile, en bon gaulois transcrit en cyrillique. Pas du tout has been par ici, elle compte de nombreux fans russes, au même titre que Mireille Mathieu, qui a acquis sa popularité lors de sa tournée de 1987 en URSS avec les Chœurs de l'Armée rouge – on la verra plus tard, en 2005, invitée par Poutine, chanter sur la place Rouge pour les soixante ans de la victoire contre l'Allemagne.

Quelques panneaux plus loin, voilà le capot d'une voiture qui jaillit hors de son support. Pas banal. Dans ce défilé d'affiches – une tous les cinq mètres –, il faut savoir se démarquer. L'une d'elles met en scène une bouteille de bière géante versant son contenu luminescent dans un verre. Une autre exhibe une femme en minijupe bleu vif, brassière rouge et cheveux crêpés. Main gauche sur la hanche, main droite tenant haut un trousseau de clés, elle annonce : « On vous attend ! » J'aurai mis du temps à comprendre le message subliminal : il s'agit là d'une publicité pour une agence immobilière. « La radio sans censure », elle, promet en grosses lettres immaculées la radio du quotidien économique *Kommersant*. Là, au moins, à défaut d'être vendeur, c'est limpide. Enfin, l'image d'un garçonnet triste à grosses lunettes rondes attire mon attention. Une campagne en faveur de la lutte contre la maltraitance ? Presque. Cet enfant notifie sa peine à ses parents : il passe beaucoup trop de temps avec sa *niania*, sa nounou. C'est-à-dire moi, d'ici peu. Merci pour l'accueil.

Toujours dans le même mutisme, nous approchons de notre destination finale. Certains détails ne trompent pas : des affiches pour des vacances à Courchevel, la « location » de personnel philippin docile, l'achat de yachts Ferretti, de montres Ulysse Nardin, de vestes Armani… La voiture dépasse un ensemble de boutiques en chêne XXL, alignées derrière le panneau « Barvikha Luxury Village ». Ci-gisent Yves Saint Laurent, Prada, Gucci, Ferrari, Rolls-Royce… Nous sommes bien sur la Roubliovka, littéralement « la route du rouble », qui longe les belles demeures de l'élite russe et des hommes d'affaires fortunés, souvent regroupées par îlots de dix ou vingt. Derrière les bois de bouleaux et les hautes palissades verdâtres ou grisâtres, inaccessibles au fisc, pas de bicoque à moins de 5 millions de dollars.

Le 4 × 4 tourne, stoppe devant une barrière. Après un premier checkpoint, il emprunte un chemin coincé entre la forêt et un mur de trois mètres de haut, sur lequel ne peut s'engouffrer qu'une (grosse) voiture à la fois. Deuxième check point avant d'entrer dans la résidence. Puis surgissent des gardes, postés devant le portail massif de la maison. Je n'imaginais pas courir un si grand danger en acceptant ce travail. Je me demande si la prime de risque est incluse dans le salaire.

Au cœur du temple

La façade vert pomme de la demeure se dresse, imposante avec ses colonnes ioniques. L'avantage, quand on est milliardaire, c'est que, au moment de faire bâtir sa maison, on dispose d'un vaste choix de styles architecturaux.

Je pénètre dans le temple par la porte de service, au sous-sol. Dans la blanchisserie éclairée par des néons, la femme de ménage me salue d'un hochement de tête. Olga, la professeure russe de Liza – ne l'appelez jamais *niania*, elle déteste ça –, me montre la chambre que nous occuperons à tour de rôle. Elle prend garde de m'indiquer son espace dans l'armoire, ses draps, son oreiller, son duvet… Que je ne m'avise surtout pas d'y toucher. En face de cette pièce, la salle de bains des employés avec ses toilettes qui fuient jouxte le cellier. De l'autre côté de l'escalier menant au rez-de-chaussée, je visite la cave remplie de vins et de champagnes hors de prix, la salle de massage équipée d'un sauna et d'un petit bassin, puis la salle de sport. « C'est aux patrons mais tu peux l'utiliser quand ils n'y sont pas », me signale la gouvernante anglaise de Liza, qui s'apprête à rejoindre le chauffeur pour rentrer chez elle. Ses mots gentils me redonnent espoir. Je monte.

Les escaliers ouvrent sur un dressing garni de manteaux de fourrure à droite, un large salon à gauche. Nastia, simplement vêtue d'une robe de chambre, m'accueille avec un grand sourire. Le crocodile empaillé et la peau d'ours, eux, montrent les crocs.

Nastia appelle Liza et la charge de me faire faire le tour du propriétaire. Enchantée de montrer la nouvelle au chef et aux deux serveuses qui s'ennuient ferme, la petite commence par la cuisine. Sur la table, des coupes en argent débordant de chocolats suisses et de fruits secs me tendent les bras. Seulement à peine le temps de me présenter, encore moins de grignoter, que Liza me presse pour grimper dans sa chambre, négligeant le passage par celle de son frère, pourtant située au rez-de-chaussée. La teinte claire des murs, les rideaux surpiqués de fils dorés retenus par de discrètes embrasses et les meubles de bois blanc ornés de fleurs dressent le décor parfait pour accueillir une petite princesse bien sage – totalement en phase avec son tempérament vif et désordonné… Liza saute soudain sur la majestueuse peau d'ours blanc qui couvre son lit à baldaquin. « Regarde ma collection de poupées en porcelaine ! » Elle pointe l'index vers sa bibliothèque. De l'autre côté de la chambre, des cadres photos, des figurines et des icônes encombrent une jolie commode. Près de sa salle de bains, une porte mène au dressing de la chambre de ses parents. Une brillante idée semble lui traverser l'esprit. « Viens, on va jouer aux Barbie ! » Je grimpe encore un escalier. Des jeux s'entassent sur le sol à perte de vue : maisons de poupées, stand de fruits et légumes, tentes, robots, voitures, camions, hélicoptères par caisses entières, avec, au centre, un écran plat géant et deux canapés. « Oh, ça date de Noël dernier ! » me lance Liza quand je remarque des cadeaux encore empaquetés empilés sur une table. Ce magasin JouéClub à domicile occupe tout l'étage.

En redescendant au rez-de-chaussée, je lui suggère de me montrer la chambre d'Aliocha. Liza y fait irruption en sautant dans tous les sens, puis fonce vers le lecteur de CD pour passer « leur » chanson des Gipsy Kings. Le frère et la sœur entament une danse endiablée. Pour mieux apprécier, je m'assieds confortablement dans le canapé de velours vert. Sous un imposant lustre à trois branches, le garçon passe encore ses nuits dans un lit à barreaux en acajou. Outre le Babyphone, une caméra épie ses moindres gestes. Ceux de ses gouvernantes aussi. Des rangées de peluches sont juchées en haut de l'armoire, six ou sept paires de petits chaussons, minutieusement alignés le long de la bibliothèque. À travers la porte ouverte de la salle de bains, j'en aperçois d'autres, réservés, eux, à la sortie du bain.

C'est désormais l'heure de la promenade. Aliocha rechigne à s'habiller pour sortir. Le convaincre sans provoquer une crise de larmes se révèle être une tâche ardue. Or il doit changer de vêtements chaque fois qu'il va dehors, qu'il rentre ou qu'il se salit, même avec de l'eau. Une demi-heure plus tard, attendus par Olga et Liza qui trépigne, nous partons faire le tour de la résidence haute sécurité. On passe devant le garage, qui abrite les huit berlines de la famille, et on longe la dépendance des chauffeurs et des gardes du corps. Certains sont policiers la semaine. Cet emploi de protection rapprochée pendant leur temps libre est plus lucratif pour accroître leur modeste paie de fonctionnaire que les quelques pots-de-vin touchés au gré des contrôles et des arrestations. L'un d'eux nous escorte. Je demande à Liza : « Tu connais tes voisins ? – Mais non, c'est à nous la maison d'à côté ! » Ses parents l'ont achetée quand elle a été mise en vente, l'an dernier. Ainsi, ils évitaient le risque d'être dérangés par d'éventuels travaux de rénovation qu'auraient pu vouloir mettre en œuvre les nouveaux acquéreurs. La masure à trois étages fait donc office de remise, et sa cour, de parking pour les voitures des employés. Après avoir fait courir un peu Aliocha sur la route, nous nous rendons à l'aire de jeux. Des enfants s'y amusent, accompagnés de leurs *nianias*, mais seulement des Russes, et pas d'autre garde du corps. Je prends alors conscience de tout le prestige de ma position. Sur le retour, Liza me confie : « Tu sais qu'on va changer de maison ? » Une piscine occupera toute la surface d'un étage, idem pour la suite parentale. Un ascenseur permettra de circuler d'un étage à l'autre, évidemment. Plus chère, plus grande, plus belle, toujours nichée dans son ghetto pour riches, mais certainement dans un quartier huppé moins dangereux.

Femme libérée

La sérénité qui règne dans cette maison, véritable havre de paix et de bonheur, on la doit à Nastia. Sans elle, point de salut pour les Sokolov. Et c'est épuisée par tant de responsabilités, fatiguée de voir que tout, absolument tout repose sur ses frêles épaules, que cette chef de famille a pris la décision de s'offrir une cure de thalasso en France. Un repos bien mérité, subtile combinaison de massages, modelages, enveloppements, applications de cataplasmes d'algues et bains bouillonnants. Cette bouffée d'air frais la distraira de son quotidien…

À domicile, Nastia s'astreint à utiliser le sauna et la petite piscine le plus souvent possible, subit trois leçons de yoga ainsi que deux séances de massage hebdomadaires, des manucures à répétition, un passage régulier entre les mains d'un coiffeur et se laisse même parfois piquer pour rester jeune et belle. Alors ses efforts paient, certes, mais requièrent une énergie prodigieuse. La pression est d'autant plus forte que, n'ayant jamais pris part au monde du travail et étant toutefois diplômée d'histoire, elle doit tenir le rôle de caution intellectuelle de son mari tout en continuant de lire des livres malgré un emploi du temps de ministre.

Grâce à la rémunération plus que correcte versée par Artiom à l'escouade de femmes de chambre, serveuses et gouvernantes les incitant à l'autogestion, Nastia se trouve quelque peu libérée des tâches qui lui incomberaient sinon. Et si d'aventure, n'ayant pu trouver d'arrangement avec les membres de son rang, l'une des employées lui demande exceptionnellement l'autorisation de s'absenter, en bonne patronne accommodante, elle accepte. Aux autres de s'organiser. Seul bémol à cette organisation au mécanisme bien huilé, le choix des cadeaux à offrir aux relations de la famille, pour leurs anniversaires respectifs. Elle n'y échappe pas mais a trouvé le remède : « C'est formidable, maintenant, je n'ai plus besoin d'aller courir les magasins pour acheter un sac à mon amie Tania ! » s'exclame-t-elle en parcourant l'e-shop Chanel. Après avoir trouvé le modèle qui lui convient, il lui suffira d'envoyer son chauffeur le récupérer directement à la boutique.

Parmi ses fonctions, il y a aussi, en collaboration avec l'architecte, l'aménagement et la sélection des couleurs de chaque pièce de tous leurs nouveaux pied-à-terre. Et puis elle doit coûte que coûte satisfaire les désirs de ses enfants, qui lui causent, malgré les cinq nounous qui s'en occupent à temps plein, moult tracas. Un seul leitmotiv : « Ils doivent être heureux. » Autrement dit, cédons à leurs caprices et assurons-nous de les voir sourire au maximum et pleurer le moins souvent possible. La gouvernante l'informe qu'Aliocha réclame son cinquième Kinder de la journée ? Vendu. Il est de toute façon suivi par les meilleurs médecins, que pourrait-il lui arriver de pire que la frustration ? Même chose pour Liza quand elle n'obtempère pas et refuse fermement de se rendre à l'école parce qu'elle se sent « malade » – tout en criant, jouant et sautillant à travers la maison. L'avenir de ces deux-là est assuré, et leur monde peuplé de bonnes âmes dévouées, des employés aux amis, leur promet d'assouvir toutes leurs volontés.

Nastia est rentrée hier de ses vacances, les valises chargées de cadeaux et de vêtements neufs. « Je déteste le shopping, mais je n'avais rien d'autre à faire… » Cinq jours à se laisser chouchouter dans un lieu perdu au bord de l'Atlantique, il faut dire que c'est ennuyeux. Un bout de nature, une poignée de villages, trois échoppes de produits locaux… Comparées aux virées à bord du yacht à Monaco, c'est indéniable, les randonnées en front de mer sont d'une effarante banalité. Et puis personne pour vous admirer vous satisfaisant de tant de simplicité… Libérée, oui, mais sa cour lui a drôlement manqué.

Parader, c'est tromper

Un milliardaire sort d'un restaurant prisé par le Tout-Moscou. À son bras, une jeune femme sculpturale, une pure beauté. Sans compter qu'elle est aimable, éduquée, cultivée. L'idéal, pour ce nouveau riche. Rien ne l'obsède plus qu'épater ses clients et se rassurer quant à son pouvoir de séduction, et tout cela *sans risque*.

Cet homme bien né que rien ne semble pouvoir arrêter loue les services d'une escort girl de luxe car, contrairement à Artiom, son épouse à lui n'est pas parfaite. Et puis il l'aime beaucoup, ça, il ne le nie pas, mais il travaille dur pour s'enrichir toujours plus, alors n'a-t-il pas le droit de s'offrir quelques petits extras ? Sa chance : les agences spécialisées dans ce type de prestations foisonnent à Moscou.

Un an plus tard, le milliardaire peut se mordre les doigts d'une telle effronterie. Sa gentille escort girl, sa favorite, l'a tellement travaillé au corps que son ventre s'est arrondi. La quitter ? Oui, mais c'est trop tard : la blonde enchanteresse a gagné le gros lot. Et le gros lot, en homme d'affaires averti, va s'occuper de tout.

La mère célibataire ne dépare pas de la légitime et dépense sans compter dans les hôtels de luxe à Paris, Gstaad et Dubaï, cumule les soins prodigués à sa peau de femme de moins de trente ans terrifiée à l'idée de se faner et évite de passer plus d'une heure avec son fils – elle n'a pas l'habitude. L'ancien amant paie l'école privée, l'assistante personnelle, les nounous, le chauffeur, les professeurs de langues – et leurs appartements respectifs. Le silence est d'or. L'enfant ne voit pas son père mais reçoit une bonne éducation, c'est l'essentiel, pendant que sa maman s'emploie à profiter des joies que prodigue l'existence. Les hommes défilent. Les employés aussi. À chaque saute d'humeur, un renvoi sur-le-champ, avec un pic d'activité relevé par temps froid : onze personnes licenciées en cinq mois à l'hiver 2011-2012. À l'inverse, si l'un de ses sujets a ses faveurs, elle ne rechigne pas à manifester son affection et c'est alors une pluie de foulards Hermès qui s'abat sur le bienheureux. Ça peut avoir l'air d'une gestion du personnel anarchique, mais ce n'est pas sa faute, elle n'a jamais convoité ce poste de directrice des ressources humaines… Elle, ce qu'elle aime, c'est, de temps en temps, louer une limo pour s'amuser avec ses camarades qui, elles aussi, règnent avec panache sur ces familles parallèles. Pour oublier leur statut de non-officielles, elles parlent sexe, shopping et se soûlent au champagne. Ainsi, chacun à sa place, sans faire de vagues, tout le monde vit heureux.

Barbies sur le gril

Ce soir, c'est salsa au Macho Grill, un club-restaurant de la place Pouchkine. Au programme : ambiance bouillante avec danseurs de samba aux muscles saillants et danseuses toutes de plumes et de strings vêtues. Les places sont chères, il faut bien l'avouer, mais que ne ferait-on pas pour se rincer l'œil ?

Beaucoup d'expatriés, comme moi, ont réservé des tables. Le show brésilien terminé, je me trémousse sur la piste aux côtés de barbies aux proportions parfaites exagérément cambrées et prêtes à tout pour se faire « caster » par un compatriote fortuné ou un bellâtre étranger. Tout, y compris cumuler robes de tulle et griffes fluo. Ne voyez là aucune jalousie de ma part. Entre deux pas de danse mal assurés, ma mission : tenter un reportage sociologique sur ces clubbeuses qui osent et n'ont pas froid aux yeux. Mais pourquoi tant de ferveur ?

Là-bas, la crainte d'avoir raté le coche si personne ne vous a passé la bague au doigt à temps est palpable. C'est simple, on vous regarde les yeux emplis de pitié si, atteint l'âge dramatiquement avancé de vingt-cinq ans, vous n'avez pas été foutue de dégoter un mari. Partant de ce constat, les « vieilles filles » n'ont donc aucun complexe à passer à l'attaque. Vous vous trouvez malencontreusement assise à côté de la proie de ces dames, en l'occurrence votre boyfriend ? Pas de pitié, la chasse est ouverte.

Ce soir, j'ai de la chance, je ne rivalise pas avec la crème des poupées, qui colonisent majoritairement les clubs ultra-select. De toute façon, j'ai assez peu d'espoir d'y mettre les pieds étant donné qu'ils n'ouvrent leurs portes qu'aux gabarits susceptibles de fouler un podium – cette règle ne s'applique qu'aux filles, évidemment. La concurrence pour le beau parti – comprendre : le bon filon – y est féroce, paraît-il. « On a repéré des filles, elles ont commencé à flirter avec nous, m'a un jour raconté un Italien adepte de ce genre de lieux. Puis un Russe est arrivé, il a sorti ses billets et il a tout raflé. » Tout ? Oui, la brochette entière.

Bien sûr, toutes les barbies ne rêvent pas au prince charmant, ni même à Ken. Elles veulent seulement épouser un homme riche – notion toute relative. Pour preuve, la télé locale, qui exploite au maximum cet engouement pour les épousailles « jackpot ». Dans le très populaire *Davaï Pojenimsa !* – « Marions-nous ! » –, qui sévit aux alentours de 19 heures sur la première chaîne, on a pu voir ainsi trois prétendants s'évertuer à séduire l'heureuse élue de l'émission, une jolie jeune femme de vingt-sept ans un peu trop maquillée. Ils ont dégainé leurs meilleurs talents : un poème mièvre à souhait, une chanson d'amour insipide, une démo de karaté… Épaulée par une psychologue et une astrologue, la présentatrice-entremetteuse championne des commentaires à fort potentiel traumatique du type « votre train est déjà parti » s'est enquise des ressources – monétaires – des candidats à l'Amour. Car il s'agit bien de ne pas se tromper de cheval. C'est vrai, ça, qui va payer la limousine de location ornée de grosses alliances entrelacées sur le toit pour une photo-souvenir devant la cathédrale Basile-le-Bienheureux[1] ? Grands romantiques devant l'Éternel, les Russes raffolent des mariages. D'ailleurs, ils les multiplient, deux sur trois se soldent par un divorce.

En voilà un qui est marié, tiens. Mais ça ne l'empêche pas d'apprécier la compagnie des belles femmes et de le faire savoir. Dans un café à soixante-dix kilomètres de la capitale, un inconnu, l'âme exaltée, leur porte un toast à la vodka, puis se penche vers mon amie pour lui offrir, en gage de son admiration, une jolie coccinelle en plastique *made in China* – probablement à l'origine destinée à sa fille, jusqu'à ce que l'ingrat ne change d'avis, subjugué par tant de beauté… En ce 8 mars, il invite notre petit groupe à célébrer la journée de la femme et pose fiévreusement, comme pour démarrer les hostilités, une bouteille de Poutinka sur la table – de la vodka bon marché, aucun lien avec son cher président. Impossible de se défiler, ce serait faire offense à notre nouvel ami. Le vieux monsieur assis à la table voisine, lui, n'hésite pas à décliner, mais pour une bonne raison : « Je ne bois pas avec des gens

1. La fameuse cathédrale à bulbes multicolores plantée sur les bords de la Moskova, à côté du Kremlin.

de l'Ouest ! » Nostalgique, visiblement, ou rancunier. Après avoir trinqué une deuxième fois, on parvient à se dérober in extremis, poursuivies jusque dans la rue par notre généreux compagnon de beuverie en quête d'un troisième toast.

Dans le train de banlieue qui nous ramène à Moscou, deux contrôleuses secouent bruyamment un homme passablement ivre afin de le réveiller. On danse entre les sièges sur un air de tango, joué par des musiciens ambulants. On subit les discours des vendeurs à la sauvette vantant les mérites de stylos à encre effaçable, de potions accélérant la pousse des fleurs et autres produits miracle. Des cadeaux de prestige pour l'épouse, la mère, la fille, l'amie du jour à honorer. Plus originaux que le triptyque roses-champagne-poème, quoique moins romantique – si l'on fait abstraction du fait que les roses importées ici ne dégagent aucun parfum, que le champagne russe a le goût d'un mauvais mousseux trop sucré et que les poèmes sont tous copiés à partir d'Internet.

La fête du 8 mars, jour férié, débute dès la veille au soir, ou plutôt dès l'après-midi, quand on commence à offrir des cadeaux et porter des toasts à ses collègues du deuxième sexe. Comme l'esprit russe ne connaît pas vraiment la mesure, le 9 aussi est chômé. « Tout le monde boit ! Le lendemain, personne ne pourrait travailler, il y aurait trop d'absents », m'explique un chauffeur sur le ton de l'évidence. Ce jour de repos supplémentaire est rattrapé… le dimanche qui suit. Les parents vont au travail et les enfants à l'école – malgré les protestations de l'Église orthodoxe.

En dehors du 8 mars, l'ambiance est plutôt au sexisme ordinaire, qui a le mérite d'être franc : « Vous êtes sûre que ça vous intéresse ? Mais vous êtes une femme ! » m'entends-je répliquer par un électricien venu rétablir une panne de courant – dysfonctionnement fréquent dans les appartements moscovites, lorsque lave-linge, sèche-cheveux et lave-vaisselle sont sollicités de façon simultanée. « Il y a un homme ici ? » Malheureusement, oui, ce jour-là : Vadim, à qui il explique d'où vient le problème. Quand l'électricien referme la porte, je reprends mes esprits : « Pourquoi il n'a pas voulu s'adresser à moi directement ? C'est mon appartement ! – Il pense que les femmes, ça ne comprend rien au bricolage. *(Silence.)* Et je suis bien d'accord avec lui, d'ailleurs… »

Certains, dans leur mansuétude, se bornent à ne douter que des capacités mentales des blondes. Je rentre de soirée dans un taxi sans licence, comme d'habitude. Les commentaires du chauffeur, au début, me flattent. C'est un ancien ingénieur, qui a perdu son poste durant la perestroïka, comme nombre de ses compatriotes. Il a travaillé quelque temps à Paris. Attendant qu'il conclue son discours sur les « plus belles femmes du monde » – « Ah, le charme des Françaises… » –, un sourire stupide suspendu aux lèvres, je m'apprête à lui indiquer où il faudra tourner pour me ramener chez moi. Il me coupe brutalement la parole : « Non, non, vous êtes blonde, vous ne savez pas comment expliquer votre chemin. Vous me montrerez avec des gestes quand on y sera… » Estomaquée, je me tourne vers mon ami assis à côté.

À voir sa bouche ouverte et son air interdit, je comprends que je ne me suis pas trompée.

Mon collègue Dimitri m'a gratifiée quant à lui d'une délicatesse d'un autre ordre : « Les hommes paraissent jeunes plus longtemps que les femmes. » Bien que sa calvitie et ses traits tirés lui donnent un air plus que mûr pour ses trente-cinq printemps, je n'ose le contredire… Mais pourquoi une telle remarque ? Soupçonnant un message subliminal, j'ai dû m'astreindre à suivre les conseils de Ioulia, l'une des employées de la maison, qui n'a eu de cesse de me rappeler à l'ordre jusqu'à ce que j'arrête de froncer les sourcils ou de sourire sous ses yeux. « Tu vois, là, ça commence à te faire des rides… Nous, les Russes, on fait attention, m'a-t-elle assuré du bout de ses lèvres regonflées. C'est pour ça que nous sommes les plus belles femmes du monde. » Attention, chères concitoyennes françaises, il faut vous mettre dès maintenant au travail pour rester dans la compétition : surtout, veillez à laisser votre visage inexpressif. Et ne rechignez pas à vous payer une petite injection de Botox au niveau du front – la fameuse ride du lion. Leurs vingt-cinq ans révolus, nos amies russes, elles, ne craignent pas de tricher !

Pour vivre heureux, vivons en cash

« Tenez, donnez-moi ça, ça et ça… Et puis je veux ça, aussi ! »

C'est l'affolement du côté des étals : mon cher patron a décidé d'aller faire son marché lui-même, l'occasion d'une paisible balade en famille.

Fraîchement débarqué à Cannes, une liasse de billets de 500 euros dans la main droite, la gauche restée libre pour palper et goûter à tout-va, il passe, tel le chef d'orchestre impétueux guidant dans la fièvre ses instrumentistes, du saucisson d'âne aux fraises et des fraises au homard en un temps record, tandis que je tente d'aider au mieux les commerçants œuvrant tant bien que mal à l'assouvissement du moindre de ses désirs.

Le clou des festivités se tient dans la boutique Petrossian. Sobrement armé de ses grosses coupures, et tout bonnement insatiable, il y terrasse les trois vendeurs, se plaignant ouvertement de leur lenteur d'exécution. On en sort un quart d'heure plus tard lestés de trois sacs isothermes – offerts par la maison – vomissant caviars, truffes et saumons.

C'est un fait : les Russes vénèrent le cash. Sans parler des marchés ou des petites échoppes qui colonisent les souterrains, il est rare de pouvoir régler ses achats par carte. Même Auchan, qui a implanté en Russie ses hypermarchés depuis 2002, m'a fait l'affront de n'accepter que la Visa, d'où l'importance d'avoir en toutes circonstances du liquide sur soi.

Et puis c'est plus pratique pour arroser les siens – et les autres – en dernier recours. Les cas les plus fréquents : un rendez-vous décisif chez le directeur d'une institution suffisamment réputée pour éduquer sa tendre progéniture, une opération par le chirurgien le plus compétent de l'hôpital le plus proche, une discussion avec la police locale pour avoir été surpris en train de conduire en sens inverse aux heures de pointe… La liste est longue.

Parfois, on arrose aussi sans motif, par impulsion. « Tenez, pour la journée de la femme ! » lance mon patron en me tendant un billet de 100 dollars, pas moins d'une semaine après le 8 mars. Sans doute un geste altruiste qui lui a traversé l'esprit quand il m'a vue dans la cuisine, sirotant un thé, alors que, debout au milieu de la pièce, il recomptait sa liasse. Compte tenu de mon rang social, c'est le minimum, j'en ai besoin de ce bonus, si je veux me payer des manucures.

Enfin et surtout, le cash, c'est plus commode pour économiser… sur le dos du fisc. C'est ainsi que je règle mon loyer en billets de 5 000 roubles, pour rester dans la norme. L'idée d'un virement n'a même pas effleuré l'esprit de mon propriétaire, payé rubis sur l'ongle à chaque début de trimestre. Mes patrons me confient l'argent, je file dans le métro avec ma presque valise de cash, quelques suées et une tempe battant à tout rompre et, ni vu ni connu, je reverse le tout à l'heureux destinataire. Idem pour les salaires des employés russes, déclarés au minimum et grassement rétribués en cash. Il faut bien faire comme tout le monde, non ?…

Vos papiers !

« Au cas où vous en auriez besoin, on peut vous fournir des papiers officiels prouvant que vous payez bien vos impôts ici », suggère Nastia.

Soulagement.

J'avais quelques doutes, mon salaire étant parfois versé en cash, parfois viré en France depuis un compte privé lituanien. Mais les voies de la logique russe sont impénétrables... J'ai connu une journaliste française, embauchée par une radio d'État locale qui, un jour, a eu besoin d'une attestation d'emploi. Son employeur a d'abord rejeté la demande au motif que son nom n'était pas mentionné sur le contrat de travail – cette même radio, pour échapper à la procédure complexe et interminable de l'embauche de travailleurs étrangers, avait exigé que la jeune Française passe par un prête-nom russe qui, au passage, ponctionnait 10 % de son salaire. « Mais si vous m'avez fait un faux contrat de travail, vous pouvez bien me faire une fausse attestation, non ?... »

Avec un peu de bonne volonté, tout s'arrange. Je peux en témoigner.

Au restaurant où déjeunent une vingtaine de convives réunis par les Sokolov, Artiom me fait signe d'approcher. Dans un geste protecteur, il me prend par l'épaule et murmure : « Ne vous inquiétez pas, j'ai trouvé une solution. » Je le remercie avec toute l'emphase que le stress peut engendrer dans ce genre de situation. Depuis le matin, je trépignais d'angoisse dans l'attente du résultat de ses coups de fil, après que ma collègue Daisy était entrée en trombe dans la suite de l'hôtel pour nous annoncer qu'une urgence nous obligeait à rentrer à Moscou. Mon nouveau visa russe ne prenait effet que le surlendemain…

Et dire que j'ai failli me retrouver bloquée dans un palace cinq étoiles en Suisse, le cauchemar ! J'aurais presque fini par me lasser de la piscine extérieure chauffée, de ces moments de solitude sur la terrasse face aux monts enneigés tandis que Liza prenait ses leçons de ski. Mais je me rassure comme je peux, ce n'est que partie remise. Les Sokolov semblent apprécier les lieux. Enfin, je suppose, puisqu'ils ont acheté des parts de l'hôtel. Ils ont un vrai sens pratique, les Sokolov : à eux la suite la plus luxueuse, celle de trois cents mètres carrés, en attendant de prendre leurs quartiers dans le manoir qu'ils s'apprêtent à rénover dans les alentours.

Une Rolls-Royce vintage passe nous prendre pour nous conduire à l'aéroport. Sur le tarmac, Artiom fulmine : « Ce n'est pas possible, on va devoir affréter un autre avion pour les bagages ! » Ils envahissent littéralement la soute, débordant sur les sièges arrière du jet quatorze places. J'ai pourtant fait des efforts, me chargeant au minimum, comme Nastia me l'avait demandé, mais difficile de compenser à moi seule les deux valises par tête de la petite famille, sans compter celles des amis et les achats du séjour.

À l'arrivée à Moscou, la fonctionnaire chargée du contrôle des passeports me lance un regard revêche. Rien d'anormal, j'ai l'habitude. Je lui offre mon plus gentil sourire. Elle échange un mot avec son chef, qui se tient debout derrière elle, puis tamponne. Ouf, elle a pris soin de changer la date… Certainement pas pour mes beaux yeux.

Cachez cette homosexualité que je ne saurais voir

« Tu n'aurais pas du démaquillant sur toi ? »

Marat a souligné son regard d'un trait de khôl. Après une folle soirée dans un club gay, il ne veut pas rentrer chez lui avec des marques trop visibles. « Ma mère n'est pas au courant. » Son père, lui, a déserté après sa naissance.

Marat a dix-huit ans et vient du Daghestan, une région musulmane du sud de la Russie. À Moscou, il pourrait se faire passer à tabac en affichant son homosexualité, d'autant qu'il la cumule avec son origine caucasienne. Mais là-bas, ce serait pire, il risquerait sa vie.

Quand on se rencontre dans des cafés, il aborde parfois le sujet de son orientation sexuelle. Alors sa voix faiblit et ses yeux s'agitent en tous sens. La peur que des oreilles malintentionnées ne traînent. « Tu sais, j'en ai parlé au médecin de l'école. Il m'a dit que j'avais des problèmes psychologiques et que c'était à cause de l'absence de mon père… » Quand il se confie, on rétorque à Marat qu'il n'est sans doute pas « normal ».

La grande majorité des Russes ressentent une certaine aversion pour les homosexuels[1]. « Je ne les hais pas, mais je suis conservateur », m'a expliqué un jour quelqu'un en toute simplicité, préférant se tenir à l'écart des amis gays que je venais de lui présenter. On n'est jamais trop prudent, ils sont peut-être contagieux.

Dans l'esprit de la population, la différence sexuelle est bien plus « embarrassante » que les différences ethnique, religieuse ou sociale. Union soviétique, Église orthodoxe : même combat. N'oublions pas qu'on a considéré l'homosexualité comme un crime jusqu'en 1993, puis comme une maladie mentale jusqu'en 1999. On assiste aujourd'hui à un revival, en quelque sorte. Pour près des deux tiers des Russes, les médias et la « propagande » gay sont responsables d'une « mauvaise » orientation sexuelle. La municipalité de Saint-Pétersbourg a d'ailleurs fait passer une loi aux termes flous qui vise à protéger les mineurs contre la « propagande de l'homosexualité et de la pédophilie », mises dans le même sac. Des militants ont été arrêtés au nom de cette loi en juillet 2012, à l'occasion d'une marche – non autorisée, est-il nécessaire de le préciser ? – pour la défense de leurs droits. Ces manifestations troublent l'ordre public. C'est vrai : des groupes homophobes s'y invitent systématiquement pour provoquer des bagarres. Malgré tout, m'assure un groupe

1. 55 %, selon un sondage réalisé auprès d'un échantillon représentatif de 1 600 personnes par le Centre panrusse d'étude de l'opinion publique VTsIOM, en avril 2012.

d'amis homosexuels expatriés, « Ici, on se sent plus en sécurité qu'à Paris ou Barcelone ».

Mais quand, le lendemain soir, je revois le petit groupe, l'un a la tête bandée à la manière d'un œuf de Pâques, tandis qu'un autre arrive en boitant. Deux de leurs proches, un couple, ont eu la mauvaise idée de s'embrasser sur un pont. Comme on pouvait s'y attendre, le geste a choqué. Une bande de Russes éméchés qui passaient à ce moment-là les ont copieusement insultés et poursuivis. Les deux têtes brûlées restées en arrière pour récupérer leurs affaires posées sur l'autre rive ont tout pris : coups de poing, coups de pied dans les côtes... Le châtiment aurait pu durer longtemps si l'une des victimes n'avait eu l'idée astucieuse d'argumenter. Pas en tentant de démontrer l'absurdité de l'homophobie, cela aurait été vain. « Vous nous avez vus nous embrasser, nous ? Non. Ce n'était pas nous, alors quel est le problème ? C'était ceux qui sont partis. » Surréaliste ? Oui, mais efficace. Le problème, c'est d'avoir le front d'afficher son homosexualité. Au final, les agresseurs ont admis cette version qui les a calmés et ont laissé leurs boucs émissaires se sauver... Les malheureux blessés ont raconté leurs mésaventures à l'hôpital et, fait notable, des policiers se sont par la suite déplacés jusque chez eux pour enquêter, insistant pour qu'ils portent plainte. L'intolérance a tout de même des limites.

Barbie *vs* GI Joe

Hier, au salon, Nastia et Artiom ont frôlé l'attaque d'apoplexie. Aliocha venait de s'emparer du bracelet de sa sœur abandonné sur la table pour le mettre à son poignet, un bracelet absolument adorable, orné de tout petits cœurs roses. Branle-bas de combat. On s'est jeté sans vergogne sur le garçonnet pour lui arracher des mains le précieux trésor et lui expliquer que, non, les garçons ne portent pas de bijoux.

« Mais je veux !… » Geignements de l'enfant. Les bijoux, c'est seulement pour les filles. L'incompris tente de résister, s'indigne qu'on lui pose soudain un interdit sans lui livrer davantage d'explications.

N'amalgamons pas les genres : ça commence par un bracelet, et c'est l'homosexualité assurée. Nastia et Artiom cèdent facilement, mais pas sur l'essentiel. À seulement quatre ans, le jeune Aliocha prend quotidiennement sa leçon de virilité. Son père, dans la salle de bains : « Passe-toi l'eau sur le visage, voilà. Comme ça, tu es un homme ! » Sa sœur, rétorquant à ses sanglots : « Arrête de pleurer, tu es un homme ! » Sa mère, quand il refuse de manger son porridge au réveil : « Avale, tu es un homme ! » Son oncle, quand il porte un polo : « Relève ton col, tu es un homme ! » Sa gouvernante russe, quand il se tord et s'agite : « Tiens-toi droit, tu es un homme ! » Une amie de la famille, quand elle quitte le seuil de la maison : « Tiens la porte aux dames, tu es un homme ! » En bref, son entourage lui inculque dès que l'occasion se présente le comportement qui sied à un homme, un vrai – comportement bien loin de l'image qu'Aliocha renvoie, celle d'un petit garçon mignon et assez frêle, très affectueux, peu débrouillard et un brin paresseux.

Pour la Journée des défenseurs de la patrie – ou journée de l'homme –, jour férié en Russie qui marquait auparavant l'anniversaire de l'armée soviétique, Artiom a offert à son fils une gourde en métal et un béret kaki orné de l'étoile rouge des soldats. Peu importe si, à dix-huit ans, Aliocha manœuvre pour se faire exempter du service militaire ou dégote une bonne planque grâce aux relations de papa. Il ne sera probablement pas le seul. L'armée souffre d'une mauvaise publicité et ne réussit pas à mobiliser ses conscrits – trop de mortalité… due à la violence des bizutages. Et, en attendant de connaître ses choix, ses parents peuvent déjà être fiers de lui : le garçonnet a failli prendre les armes. Monté dans la salle de vidéo-surveillance de la petite maison des gardes, il a tenté d'arracher le revolver qu'un des chauffeurs de la famille avait accroché à sa ceinture… Et a piqué une crise lorsqu'on l'a jugé un peu vert pour utiliser ce genre de gadget.

En attendant le jour où il maniera un silencieux, on cultive son adoration des voitures et des hélicoptères, qu'il reçoit en offrandes chaque jour que Dieu fait. Hélas, au grand dam de ses parents, Aliocha ne s'impose pas d'interdits moraux superflus et ne dit pas non à une partie de Barbie, réussissant parfois ses tentatives d'incursions répétées dans le coin poupées de la salle de jeux, et ce en dépit de la garde intransigeante de Liza. « C'est interdit ! Tu n'as pas le droit de jouer avec ça, c'est pour les filles ! Et c'est mon territoire ! »

Malgré les efforts assidus de ses proches pour façonner un environnement favorable au développement de sa testostérone, Aliocha réitère les demandes inattendues. Récemment, il m'a réclamé à cor et à cri le costume de Jessie, cow-girl du dessin animé *Toy Story*. « Tu veux dire un déguisement de Woody, non ? Jessie, c'est la fille. – Non, je veux être Jessie ! » J'ai soigneusement évité de transmettre son besoin de travestissement à ses parents, cela va sans dire. Je ne les ai pas avertis non plus du souhait de leur petit dernier d'échanger les rôles avec sa sœur et de pouvoir ainsi être une fille. Mais enfin qu'on arrête, alors, de le laisser réclamer des manucures et de badigeonner ses lèvres de crème dès qu'elles présentent la moindre gerçure… « *I love* Crème de la Mer*, because it makes me so beautiful !* » Voilà ce qu'il a lancé il y a peu à Daisy à sa sortie du bain. Rien de moins que l'élixir de jouvence *made in France* à 120 euros le pot format lilliputien que sa maman lui a légué.

Il y a quelque temps, je l'ai aperçu en train de jouer avec une boîte de maquillage pour fillettes. Alors que j'exprimais mon étonnement à sa gouvernante russe, celle-ci m'a fait un signe en retour pour que j'arrête sur-le-champ de formuler le mot tabou – « maquillage » : « Non, non, ce sont juste de belles couleurs à contempler… » Sacrée astuce pour concilier les prétentions de mes patrons avec celles de leur descendance. La prochaine fois qu'Aliocha émettra le vœu de jouer avec des Barbie, facile, je lui expliquerai que ce sont en réalité des militaires des forces spéciales vêtus en femme pour tromper l'ennemi.

Princesse Liza

Pour faire plus ample connaissance, j'ai demandé à Liza : « Dis-moi, qui est ton idole ? » Je m'attendais à tout. Une starlette en vogue, une chanteuse, une actrice, Beyoncé, Lady Gaga, une fille de, peu importe. Une présentatrice télé aurait fait l'affaire. Mais c'était sous-estimer son ambition.

« Vladimir Poutine. Je voudrais bien être comme lui quand je serai grande. »

Vladimir sauve des journalistes des griffes d'une tigresse, Vladimir protège les baleines, Vladimir pilote un Canadair pour éteindre les incendies… Intelligent, sympathique, sportif et à jamais jeune (vive le Botox !), le président russe, héros au cœur tendre, fascine toujours autant ses compatriotes.

Dmitri – « Il est vraiment trop bête, Medvedev… » – ne jouit visiblement pas de la même cote de popularité que Vladimir Vladimirovitch. « … Il habite ici [sur la Roubliovka] et ne voit pas qu'on détruit la forêt pour construire une autoroute. Il est aveugle ou quoi ? » La jeune Liza Bové s'insurge contre l'abattage des arbres, dont l'ancien président et actuel Premier ministre serait l'unique responsable.

Habitée par la cause écologique, elle a l'intention de faire passer une loi pour punir les criminels qui jettent des détritus dans la nature. Ainsi, les gardes de sa résidence arrêteront peut-être de laisser impunément leurs cadavres de bouteilles traîner derrière la bâtisse – des bières, il faut bien ça pour le jour où ils devront faire face à une attaque-surprise et dégainer le fusil qu'ils portent en bandoulière… Liza compte en outre inventer une voiture « écologique » qui fonctionnera à l'eau. Sa sensibilité environnementale est tellement prégnante que la fillette va jusqu'à éviter de prendre son bain et de se laver les dents, préservation des ressources naturelles oblige.

L'avenir, Liza le voit en vert : elle veut gérer une banque. Elle a déjà échafaudé son plan de carrière, livré lors d'une discussion de comptoir devant un milk-shake fraise-banane. « Je vais étudier l'économie et le commerce à la MGU [prononcer « Mguéou », l'université d'État de Moscou Lomonossov]. Je veux rester à Moscou pour mes études, mais ensuite je voyagerai très souvent à l'étranger pour les affaires. » Quand son petit frère écorche son rêve en affirmant que lui, plus grand, il fera docteur, Liza s'emporte : pas le temps pour des broutilles pareilles, puisqu'il sera son associé et devra se lancer, en parallèle, dans la vente de voitures. « Tu travailleras avec moi, un point c'est tout ! »

Pour s'entraîner à sa future vie de businesswoman, Liza joue au Monopoly. Et les collectionne : Paris, Londres, Monaco, Moscou, New York… « C'est moi qui tiens la banque ! » Évidemment. Case violette. « Non, je n'achète pas. Ce n'est pas assez cher, ça ne sert à rien. » Liza snobe totalement les premières rues du jeu. Et n'hésite pas à jouer plusieurs tours sans dépenser un kopeck si elle ne tombe pas sur une case digne de ce nom, c'est-à-dire une rue de la seconde moitié du plateau, à partir des cases rouges, quand on aborde l'avenue Matignon après avoir passé Pigalle. Elle évite aussi les gares. Elles sont sans doute mal fréquentées, et puis elle n'a jamais mis les pieds dans un train. À proximité des Champs-Élysées et de la rue de la Paix, la tension monte. « 1, 2, 3, 4, 5… » C'est l'exultation suprême si elle réussit à tomber sur l'une des deux rues bleu foncé – danse du ventre et cris de joie –, et la crispation totale si elle rate le coche, lèvres pincées, poings fermés, regard noir si jamais mon pion effleure le Saint-Graal. Une technique d'intimidation ? Peut-être, mais pas question de se laisser faire. De toute façon, animée par cette ardente passion sans doute héréditaire de faire fortune, Liza construit des maisons, des hôtels et ruine inexorablement son adversaire. Une capitaliste en herbe, papa peut être fier de son poulain ! (Et je ne dis pas ça parce que je suis mauvaise perdante.)

Vous l'aurez compris, Liza a un caractère bien trempé. Et exècre un certain nombre de choses, parmi lesquelles les avions de ligne. « C'est dommage, tu pourrais voir comment voyagent les gens normaux [en Business]. » Nastia tente de défendre une cause perdue d'avance. Rien à faire, le refus de sa fille est catégorique : l'idée d'attendre son tour pour monter à bord d'un appareil où elle devra partager son espace de vie et son hôtesse de l'air avec des inconnus lui répugne au moins autant que les toilettes publiques. Il faut dire qu'elle traîne déjà les pieds pour se tremper dans la piscine d'un quatre étoiles monégasque… Et elle a des arguments : « Les draps de bain sentent… » Une odeur suspecte, dans un établissement de ce standing ? Une offense à l'âme humaine.

D'ailleurs, j'ai arrêté d'insister quand Liza refuse de se rendre quelque part. Trop risqué. En bonne professionnelle de la négociation – à écouter son père parlementer au téléphone, elle a dû intégrer quelques ficelles –, elle est tout à fait capable de me soutirer un rabais de dix minutes de cours de français. Sur les quinze minutes que j'essaie de lui imposer quotidiennement, mine de rien, c'est une belle performance. Dans les cas les plus extrêmes, par exemple si ses parents insistent pour qu'elle sorte prendre l'air un quart d'heure, elle joue la crise de nerfs. Et, en bonne courroie de transmission, j'ai le rôle du punching-ball, parce que « les autres enfants, eux, ils ont de la chance, ils sont libres, ils n'ont pas de gouvernante pour leur dire quoi faire ! ». Cris, sanglots, gestes emphatiques, une *drama queen* de premier choix. En général, le public est tellement subjugué par son génie qu'il l'acclame… la faisant ainsi gagner. Et taire.

Dans la catégorie théâtre, Liza cultive aussi une vieille tradition russe.

« Je lève mon verre aux meilleures vacances de ma vie. » Debout à la table du restaurant, l'air solennel, au milieu d'une assistance triée sur le volet (son frère, Daisy et moi-même), elle ponctue le dernier repas du séjour en portant un toast à l'eau et en énumérant tout ce qu'elle a vu et fait, les yeux humides d'une émotion sincère.

Mais Liza excelle également dans le chant (révolutionnaire). Et elle interprète à qui veut bien l'entendre sa chanson française culte. Le titre : *Je veux*. En résumé, une ode à la liberté, dans laquelle l'artiste Zaz exprime son mépris de la société de consommation.

« Donnez-moi une suite au Ritz, je n'en veux pas !/ Des bijoux de chez Chanel, je n'en veux pas !/Donnez-moi une limousine, j'en ferais quoi ?/[...]/ Ce n'est pas votre argent qui f'ra mon bonheur,/Moi j'veux crever la main sur le cœur... »

Dans la bouche de Liza, ça ne s'invente pas. Téméraire, elle l'a claironnée à l'anniversaire de son amie Vera devant une tablée de millionnaires et milliardaires attendris par leur progéniture, qui l'écoutaient docilement en se bâfrant de caviar. Une vraie rebelle, époustouflante. Enfin, il faut croire que le message doit être un peu trop subliminal, parce que, peu après sa prestation, Liza est venue m'annoncer, des étoiles dans les yeux, que sa maman lui avait promis une soirée discothèque pour sa fête.

Liza fait l'objet d'une surveillance acharnée. Surtout depuis que son père m'a reproché une fois de ne pas avoir été présente, c'est-à-dire dans la même pièce, lorsqu'elle s'est cogné – légèrement – la tête. Ses deux parents et une demi-douzaine d'invités se tenaient avec elle à ce moment, mais j'ai compris l'importance cruciale de mon rôle. Désormais, je la suis comme son ombre. Cela n'empêche toutefois pas quelques faux pas.

Récemment, lors d'une baignade dans le jacuzzi situé sur le pont du bateau, elle a certainement bu la tasse et trouvé l'eau trop fade… Pas masochiste pour un sou, elle l'a immédiatement relevée à son goût. Avec de l'Orangina. Plusieurs bouteilles. C'est bon, sucré, collant… Pas grave, les membres de l'équipage ont pris un plaisir fou à frotter. Ils sont là pour ça, non ?

Dynastie

Mme la comtesse et son époux nous font visiter leur château. Perchée sur une colline, la bâtisse de six cents ans d'âge surplombe un vignoble qui s'étend à perte de vue. La digne dame au port altier, élégamment parée d'un collier de perles et semble-t-il peu effarouchée par le mélange des classes, mène son monde dans la demeure de ses ancêtres. Mon patron jubile. C'est pour lui un véritable honneur que d'être reçu par cette famille issue de la vieille noblesse italienne.

Il faut savoir s'entourer, quand on aspire soi-même à créer une lignée. Le top 3 des amis des Sokolov présents aujourd'hui se compose donc d'un haut responsable politique fermé comme une huître, de l'un des médecins personnels d'une tête couronnée d'Europe ainsi que d'un ami des stars, décati et accompagné de sa jeune poupée gonflée à l'implant mammaire et au Botox.

Les salles poussiéreuses se succèdent. Mme la comtesse se laisse photographier comme une pièce de musée. Quand Aliocha entreprend de grimper sur un antique cheval à bascule, c'est à peine si elle laisse échapper un grincement de dents. Après la visite, on nous invite à prendre place, pour le déjeuner, dans une vaste pièce froide aux larges fenêtres.

Tandis qu'un domestique ganté de blanc lui présente les mets les plus fins, Liza est méconnaissable. C'est tout juste si elle ose émettre un son pour me demander de l'accompagner aux lieux d'aisance. Devant l'implacable réalité des codes de l'aristocratie, la princesse ne se sent plus à son aise. Son manuel illustré d'apprentissage de la vie à la cour était bien plus drôle.

Enfin, ce n'était qu'un coup d'essai. Bientôt, Liza mettra ses connaissances en pratique. Son papa connaît un vrai prince, prestigieux celui-là, et qui règne toujours. Nourrissant l'espoir de rencontrer Son Altesse sérénissime monseigneur Albert II, Liza révise avec assiduité sa plus belle révérence et la déclamation de son titre.

Mais, las ! Elle ne sera pas du voyage le jour suivant, quand ses parents, depuis leur résidence italienne, s'envoleront pour Monaco – un saut de puce en hélicoptère. « C'est un dîner pour les grandes personnes. » Pour alléger la déception de la princesse en herbe, je l'emmène à la boutique du « champion du monde des glaces 2008 ». Un sorbet à la fraise suffira à la consoler, cette fois.

Ode à la babouchka

Avec leurs rides par milliers, leur doux sourire édenté et leur fichu sur la tête, les Babouchkas de Bouranovo nous ont attendris. On a eu envie de dévorer leurs gâteaux et de les écouter digresser des heures au coin du feu, pour se réchauffer le cœur. Souvenez-vous, noyées dans leur costume traditionnel tout droit sorti d'un village perdu de la plaine russe, ces joyeuses mamies, en 2012, vous ont ému.

Adulées dans leur pays, elles ont décroché la deuxième place du concours de l'Eurovision avec le tube folklo-techno *Party for Everybody* et ont acquis le statut de phénomène. Elles ont connu l'ivresse de la scène et tourné dans des spots publicitaires. Et si le temps et une rude existence ont creusé des sillons dans leurs visages, cela n'a pas entamé leur joie de vivre communicative. Avant leur irrésistible ascension, elles n'avaient pas accès à l'électricité. À Moscou, leurs semblables profitent d'un minimum de confort. Les badauds n'hésitent pas à les héler. « *Babouchka !* » Le ton peut être dur, mais le regard toujours tendre. On les aime.

Les femmes russes vivent en moyenne douze ans de plus que les hommes[1]. Son mari est donc parti il y a longtemps déjà, mais tant qu'elle est valide, la babouchka prend soin de ses petits ou arrière-petits-enfants, que leur mère élève souvent seule. Ou alors elle travaille, pour compenser une maigre pension. Les petits boulots chichement rémunérés ne manquent guère. La babouchka ne rechigne pas à enfiler son paletot pour aller balayer la neige amassée sur les escaliers du métro. Parfois, on la voit dans la rue vendre des légumes ou mille autres choses. Et si la concurrence se fait rude, elle n'hésite pas à la dénigrer. « Ses fleurs ne sentent pas bons... Les miennes, si ! » Il lui arrive d'invectiver aussi : « Elle vous l'a faite à combien, la boîte à musique ? 450 roubles, je parie ?! Saleté !... » Vous ne pipez mot, n'approuvez surtout pas, par crainte de déclencher une bataille de mémés et de vous prendre un coup de canne. En réalité, les deux se sont mises d'accord pour écouler leur camelote à 500 roubles, mais l'une d'elles, postée à dix mètres de là, a cédé quelques minutes plus tôt à votre marchandage et vous a sommé de récupérer discrètement votre monnaie, dans une assiette posée sur son étal.

Si certaines babouchkas évoluent dehors et sur le bitume, il n'est pas rare d'en rencontrer aussi à l'intérieur des musées, aux vestiaires, à l'accueil et même

1. L'espérance de vie s'élevait à soixante-quatre ans pour les hommes et soixante-seize pour les femmes en 2011, selon le ministère russe de la Santé et du Développement social.

dans les salles. Si par chance votre tête l'inspire, celle de la caisse déploiera une ardeur étonnante à vous faire payer le moins cher possible : « Vous êtes étudiante ? – Non. – Vous êtes sûre que vous n'êtes pas étudiante ? – Oui, sûre. – Vraiment sûre ? » En bonnes ambassadrices de la culture russe, elles n'hésiteront pas non plus à vous dispenser quelques leçons de bonnes manières : « Dans la manche, l'écharpe ! *Devouchka*[1] ! Vos chaussures, voyons ! » Enfin, on n'entre jamais dans une maison sans enfiler une paire de chaussons, question d'hygiène… Là c'est pareil, surtout l'hiver, sauf que les vieux *tapochki*[2] ont été remplacés par des couvre-chaussures jetables en plastique bleu, comme on en porte parfois dans les hôpitaux. Pour visiter la fabuleuse maison-musée Gorki, point de couvre-chaussures de ce type mais des pantoufles verdâtres deux fois trop grandes et usées jusqu'à la corde. En d'autres occasions, toujours par bienveillance dirigiste, la babouchka assise sur sa chaise dans le coin de la salle vous apostrophera, gentiment : « *Devouchka*, vous avez vu la salle du trésor ? C'est à vous que je m'adresse, oui, vous, la blonde ! Il faut y aller ! Vous devez la voir ! » Pourquoi ? Parce que les jeunes femmes vénèrent tout ce qui brille, voyons. Elle en est convaincue, cette partie plaira davantage que les épées et les armures exposées dans « sa » pièce.

---

1. Jeune fille, jeune femme. Le terme peut être employé jusqu'à un âge avancé. Si l'on vous appelle « *Jentchina* » (« femme »), cela signifie que vous n'êtes physiquement plus attirante. Vexant.

2. Chaussons.

Quand elle ne choisira pas votre parcours à votre place, la babouchka tiendra à tout prix à vous faire une visite guidée de « sa » salle. Dans la maison-musée de Gogol : « Là, c'est son bureau. » Elle vous laissera cependant presque tranquille si vous montrez que vous ne comprenez pas le russe. « Lisez les explications sur la fiche, c'est en anglais. » Une fois la lecture terminée sous sa surveillance attentive et impatiente, mamie scout vous mettra en condition. Elle exigera un silence religieux avant d'actionner une installation son et lumière. La cheminée où le célèbre écrivain a brûlé ses manuscrits des *Âmes mortes* (2de partie) s'illuminera comme par magie sur fond de crépitements rageurs, de bruits de calèches et de rumeurs de la rue pour vous plonger, comme si vous y étiez, dans l'atmosphère XIXe siècle. Sourire aux lèvres, la babouchka savourera ce moment avec fierté. « Eh oui, c'est moderne… Ça a coûté très cher ! » La maison Gogol ne lésine guère sur les moyens. Pas comme cette multitude de musées où il n'y a que la langue russe qui ait droit de cité sur des pancartes jaunies et où une seule babouchka garde un œil sur toutes les pièces, chassant comme elle peut – mais la babouchka est coriace – les pigeons entrés par la fenêtre, et éteignant la lumière chaque fois que vous quittez une salle – vous êtes l'unique visiteur.

Peu à peu, la babouchka disparaît du paysage, laissant place à des retraitées à l'allure jeune, moins enclines à confectionner des *vatrouchki*[1] pour leurs chères petites têtes blondes… On la regrettera.

---

1. Gâteau russe fourré au fromage blanc, à la crème et aux raisins secs.

Ne mets pas tes mains sur la porte, tu risques de te faire pincer très fort

« *Devouchka*, 100 roubles l'ananas, 100 roubles ! » s'égosille une babouchka, son fichu sur la tête et un cageot de fruits à ses pieds. Je m'engouffre dans le souterrain. Au pas de course, comme d'habitude. De l'autre côté des marches, c'est un Caucasien en jogging qui propose ses fraises dans un carton, en plein hiver. Il se fait bousculer par des Moscovites pressés. Mais pas d'excuses qui tiennent : la courtoisie n'est déjà guère de mise d'ordinaire, alors vis-à-vis d'un vendeur à la sauvette, basané de surcroît… « Aaaa… tchoum ! » Vite, il me faut des mouchoirs. Arrêt devant l'une des échoppes qui colonisent le *perekhod*, le passage souterrain. Emmitouflée dans un grand châle, son thermos de thé à côté d'elle, la vendeuse me tend un paquet en ronchonnant. Je l'entrevois à peine à travers sa minuscule fenêtre. Dans la cage en plastique qui lui sert de vitrine, elle expose un maximum d'objets dans un minimum d'espace : peluches, tasses, bijoux, cirage, sous-vêtements… Tout ce qui pourrait dépanner les passants. La personne derrière moi me pousse, gentiment mais fermement : je ne suis pas assez rapide pour ramasser la monnaie. Je dis un mot d'excuse, par inadvertance – un reste de civilité à la française.

Je pousse la porte de la station de métro. Les mains en avant, toujours. Personne ne s'embarrasse à la retenir derrière soi et je ne veux pas me la prendre sur le nez. Passé les barrières automatiques avec mon ticket à 28 roubles[1], j'entends un coup de sifflet. La contrôleuse a repéré un fraudeur, qui file se fondre dans la masse agglutinée devant l'escalator. Âgée comme elle l'est, avec ses jambes douloureuses et cette profonde envie de dormir qu'elle ressent sans doute, elle ne va certainement pas s'escrimer à le courser. Certains se font parfois arrêter par le collègue en bas, écopant… d'un avertissement pour la prochaine fois.

Très calme, la foule avance pas à pas. Les râleurs se font rares. Question d'habitude. Le métro de Moscou avale plus de passagers que ceux de Londres et de New York réunis. Sur l'escalator, on se range sagement à droite. La voie de gauche est libérée pour les plus pressés, des spécimens assez rares qui n'ont pas le vertige et sont pourvus de mollets toniques – les escalators sont très pentus et les stations profondes, à tel point qu'elles auraient pu servir d'abris atomiques, paraît-il. La descente dure bien cinq minutes, sur fond de musique d'ascenseur ou de rappels à l'ordre du surveillant. Il déclame au micro, depuis sa cabine : « Attention… Tenez votre droite… » quand il ne somnole pas.

---

1. 70 centimes d'euro environ.

Une rame toutes les trente-cinq secondes aux heures de pointe, pas de détritus au sol, d'odeurs suspectes ni de tags, du marbre, des statues de bronze, des mosaïques, des bas-reliefs célébrant les exploits de l'homo sovieticus… Le « palais pour le peuple » voulu par Staline se montre, encore maintenant, sous son plus beau jour. Seul hic : le bruit des trains, assourdissant. On doit crier pour s'entendre. Ça tombe bien, personne ne parle.

Une fois, bravant le pénible bourdonnement, je bavardais avec des amis en anglais. « *Nielzia gavarit* ! » (« Il ne faut pas parler ! ») s'est exclamée la babouchka assise à côté de nous, croisant ses mains dans un geste d'institutrice excédée – malappris de touristes ! Depuis cet incident, pour éviter les admonestations, j'obéis à cette règle tacite du mutisme dans les transports en commun.

Je passe le temps en détaillant les publicités. Jusqu'à ce qu'un homme surgisse dans la rame, vêtu d'un pantalon de velours côtelé marron, d'un vieux manteau vert et de lunettes à grosses montures : il décolle et déchire les affichettes en minuscules morceaux. Un militant antipub ? Il disparaît à la station suivante, laissant monter au passage un invalide en habits militaires. Amputé des deux jambes, ce courageux mutilé avance sur une planche à roulettes, à la seule force de ses bras. « Ce n'est pas un vrai soldat », me lance en le désignant d'un mouvement de tête un homme qui voyage avec une bière décapsulée à peine dissimulée dans un sac en plastique. Pas le temps de répondre. « Chers passagers, n'oubliez pas vos affaires. Prochaine station : Belarouskaya ». Ce rappel à l'ordre provient du haut-parleur. Je sors. L'escalator est en panne. Pas de chance, je vais transpirer en me coltinant la centaine de marches. J'étouffe déjà, avec mes quatre couches de vêtements et ma doudoune dans le métro surchauffé. D'un coup, annonce de la surveillante : l'escalier mécanique repart, il faut s'accrocher.

En sortant de la station, je cours rejoindre une amie fraîchement débarquée de Paris, qui m'attend avec sa valise sur le quai de l'Aeroexpress. Réglés comme des horloges suisses, ces trains ultramodernes relient les aéroports à certaines gares de Moscou. Pour éviter les embouteillages, on décide d'aller chez moi en métro. Même chemin, en sens inverse. « *Devouchki, devouchki !* » Une contrôleuse nous interpelle avant qu'on franchisse les barrières. Elle sort son mètre. « Vous avez combien de tickets ? Là, vous voyez, dit-elle en prenant des mesures, il en faut un pour la valise ! » C'est bien la première fois qu'on me fait le coup. Soit, j'achète un ticket supplémentaire. Sur le quai, quatre policiers nous abordent. Les mêmes qui arrêtent les Africains ou les Caucasiens pour des contrôles d'identité. C'est ma journée. Ils nous ont entendues discuter en français. L'un d'eux s'approche à dix centimètres de mon visage. « *Wherrrre do you go ?* s'enquiert-il brutalement. – *To Komsomolskaya*, je réponds, aussi sereinement que possible. – *It's in three stations.* » Les trois autres jeunes recrues, derrière lui, rient sous leur chapka grise. Le petit blondinet à lunettes voulait (à la russe, certes) simplement nous aider à trouver notre chemin.

La police se montre plutôt urbaine avec les touristes et les étrangers (occidentaux) désormais. J'en ai fait l'expérience lorsqu'on m'a volé mon portefeuille dans une station de métro. J'ai alors passé une soirée entière avec des policiers, afin d'obtenir une déclaration de perte pour faire refaire mes papiers.

Moustachu et rougeaud, le premier me fait entrer dans une pièce étriquée en haut des escalators, dont la largeur n'excède pas celle d'une porte. Deux icônes trônent dans un coin, tradition orthodoxe oblige, et une petite cellule avec des barreaux en fer, dans un renfoncement, leur fait face. L'agent s'acharne par gentillesse à me répéter les mêmes mots. Il parle toujours plus fort et s'approche dangereusement quand je ne saisis pas le sens de ses paroles. Puis, assis à sa table-bureau, il passe au moins six coups de fil, précisant chaque fois que je suis étrangère – a priori, ça permet d'accélérer la procédure. Satisfait, il m'annonce qu'un *detektiv*, un « inspecteur », va venir. « Alors, vous êtes française ? Paris, c'est une très jolie ville. J'aimerais beaucoup y aller. En plus, je parle un peu allemand. » Une langue couramment employée dans l'Hexagone, c'est bien connu. L'arrivée du *detektiv* au visage fermé interrompt la conversation. « Ce n'est pas mon secteur ! – Si, c'est ton secteur », et bis repetita. Très enthousiaste, donc, le nouveau venu commence à noircir du papier sans m'adresser un mot, pendant que le moustachu part mener l'enquête de terrain – une scrupuleuse inspection des poubelles. Puis débarque un officier en civil. Je salive à l'idée de pouvoir bientôt rentrer dîner. Mais, pour obtenir mon papier, je dois le suivre dans sa voiture, direction le poste de police du *raïon*, le « secteur ». Après une déclaration de perte sous sa dictée, une autre « plus circonstanciée » qu'il rédige lui-même et une troisième tapée à l'ordinateur, il m'annonce : « C'est fini ! Vous devez revenir demain entre 9 heures et 18 heures pour le tampon. » Devant mon impatience mêlée d'agacement après pas loin de trois heures de procédures, il daigne prendre pitié. « Attendez-moi là, ne partez pas. » Précision inutile : je ne sais pas comment retrouver le métro, et l'argent pour un éventuel taxi s'est fait la belle avec mon portefeuille. Un quart d'heure plus tard, il réapparaît avec le sésame tamponné. Les règles s'assouplissent aisément, ici. Je repars sous protection rapprochée, une voiture de police en guise de taxi. Seul le chauffeur, exemplaire, boucle sa ceinture, obligatoire à l'avant… en la passant derrière son siège. Au cas où il aurait à sauter en route du véhicule pour stopper un criminel… À l'arrière, un policier visionne en gloussant sur son smartphone une vidéo sur YouTube – un Lénine parodique malmené par la police. Le canon de son fusil est pointé dans ma direction. À ce moment précis je me dis que je me sens finalement plus en sécurité dans le métro.

Trois jours plus tard, un inconnu m'appelle : il a retrouvé mon portefeuille par terre – allégé des billets, naturellement.

Rien ne sert de courir…

Aujourd'hui, Liza a rendez-vous au musée à 17 heures tapantes. Sachant que l'école termine à 16 heures et que le trajet en voiture jusqu'au centre de Moscou peut prendre jusqu'à deux heures en période de pointe, il y a là un vrai problème d'arithmétique à résoudre. Mais bénis des dieux que nous sommes, papa Artiom l'a rapidement résolu, le problème, et n'a pas failli à sa réputation de spécialiste en calcul rentable. Il a mis à notre disposition sa voiture, un chauffeur-cascadeur et, *last but not least*, un gyrophare. Le genre de gyrophare bleu d'ordinaire réservé aux véhicules (épaves) d'urgence que des types comme mon patron fixent triomphalement sur le toit de leur Mercedes.

Ce bruyant sésame ouvre le droit de dépasser les limitations de vitesse, franchir les lignes blanches, rouler sur les voies de secours, couper la route. Autorisé pour les déplacements officiels de certains membres du gouvernement, il a curieusement commencé à pulluler ces dernières années sur les grosses berlines de certains VIP privés – des individus d'importance, le cinéaste Nikita Mikhalkov en tête, dont les retards dus au très dense trafic moscovite provoqueraient à coup sûr des dommages irréversibles au pays. L'oncle de Liza, un adepte de la ponctualité, a trouvé mieux : un macaron lui permettant de rouler à contresens, probable récompense d'une remarquable générosité envers l'un de ses amis haut placés. Ainsi, il n'arrive jamais « plus de sept minutes après l'heure prévue » !

Nous contournons donc impunément les voies encombrées, maudits au passage par les automobilistes lambda. Par chance, nous ne croisons aucun membre de la Société des seaux bleus, des activistes – des jaloux, oui – qui, déguisés en gyrophare (coiffés d'un seau bleu), s'amusent parfois à grimper sur le toit de ces Mercedes, Subaru et autres Rolls-Royce, et s'exercent au sprint dès lors qu'un colosse au crâne rasé s'extirpe de l'intérieur du véhicule pour les chasser.

Nous arrivons juste à temps pour rejoindre les camarades de Liza. Comme sur la route, nous échappons au triste sort du commun des mortels et évitons tranquillement une file d'attente longue d'au moins trois dizaines de mètres. Notre garde du corps s'arrête soudain devant le portique de sécurité et entame une discussion avec le vigile, de plus en plus animée. Rouge d'une colère difficilement contenue, il dégaine une petite carte plastifiée, d'apparence très officielle. Et là, horreur, nous sombrons dans la trivialité : pas de problème pour doubler la file, mais défense absolue de pénétrer armé dans l'enceinte du bâtiment. Vu l'irritation de notre chaperon et son ardeur à rejeter l'injonction, le panneau d'interdiction à l'entrée doit être à considérer comme un simple ornement. Notre garde du corps patientera à l'extérieur, en piétinant et, la visite terminée, nous rentrerons tranquillement dans une banale BMW. Mes patrons aiment la mesure. Outrepasser certaines règles, oui, mais abuser, hors de question. Ils ne sortent le gyrophare qu'en cas d'urgence majeure.

Sur les rails

« Paris, *kaput ! Kartoffel !* On va en faire de la purée ! » lance Alexeï en tapant du poing sur sa paume. Aucune hostilité dans ces propos, seulement une rageuse envie de faire la fête dans la capitale française. Mais pour le moment c'est dans son pays, à bord du Transsibérien, que le gaillard voyage. Du haut de son mètre quatre-vingt-dix, il engloutit les bières les unes après les autres, avant d'écraser d'une main les canettes.

Antoine a rencontré Alexeï dans le train de Nijni-Novgorod, à Perm. Il est entré dans son compartiment, ils avaient les mêmes places, même horaire, même voiture, même numéro de siège – une erreur de billetterie ou, plus probablement, une double vente. Le Russe a ri à gorge déployée avant d'inviter mon ami à passer la nuit à boire. C'est plus joyeux que de se battre pour une couchette et Alexeï aurait de toute évidence eu l'avantage.

Quelques verres plus tard, le colosse jette un coup d'œil à sa montre, se lève et décrète : « Il est tard, viens, on sort ! » avant de saluer respectueusement un vieil homme, visiblement épuisé, étendu sur la couchette d'en face. Les deux comparses quittent le compartiment et se dirigent vers le bout du wagon.

« Tu te crois où ? On n'est pas à la maison ! Va mettre des chaussons ou des chaussures ! » Antoine a commis l'impair de fouler le tapis du couloir en chaussettes. Quand il revient, avec ses cigarettes, des menthols, l'autre les lui arrache des mains et les jette à l'extérieur. Les menthols, c'est un truc de gonzesses. Ce sera des sans filtres ou rien. Puis il plonge ses grosses mains dans les poches de son treillis, en sort des piécettes, qui subissent le même sort que les cigarettes d'Antoine, lancées à pleines poignées par la fenêtre. « Voilà ce que j'en fais, moi, de l'argent ! » L'âme exaltée, Alexeï laisse éclater au grand jour son indifférence aux choses matérielles. On ne peut pas en dire de même de son rapport à la boisson.

Comme à l'époque de Zola, les alcooliques en Russie font partie du paysage, pleinement intégrés dans la société. Alexeï évoque ses journées de travail avec des mimiques emportées dignes d'un Depardieu. « Le matin, je ne suis pas bien réveillé, ça ne va pas, alors, hop ! je bois une bière, là ça va mieux, puis une autre, et encore une autre… » Il est conducteur de train. Soudain, la *provodnitsa*[1] surgit. Outre son devoir de faire respecter le silence, la jeune femme, vingt ans tout au plus, approvisionne les passagers qui le demandent en alcool. Elle vend aussi du thé et des soupes lyophilisées, stockés dans sa petite cabine. « Elle est jolie ! » lâche Alexeï, admiratif, après lui avoir tenu la porte avec courtoisie, et avant de par-

1. Contrôleuse de train.

tir uriner dans l'ouverture entre les deux wagons. Il hurle maintenant sans répit pour écraser le bruit assourdissant du roulement.

Au petit matin, arrivé à destination, Alexeï tente de persuader son nouvel ami français de descendre pour l'accompagner au *bania*, le sauna russe. Imbibé d'alcool comme il l'est, difficile, pour Antoine, de résister. Le costaud insiste : « Viens, on va se fouetter avec des branches de bouleau ! » – une tradition sans échappatoire possible. Courageux mais pas téméraire, Antoine tournera les talons avant de tituber jusqu'à sa couchette.

Stimulée par ma lecture intensive de l'épopée de *Michel Strogoff*, je tente à mon tour l'aventure. Il est question que je rejoigne Antoine à Irkoutsk, sur les bords du lac Baïkal, la « perle de Sibérie ». La première classe, à deux dans un compartiment, avec douche dans le wagon, c'est trop luxueux. La troisième, à cinquante-quatre par paquets de six et sans porte, trop éprouvant. J'opte raisonnablement pour la deuxième classe.

Je partage le compartiment avec un jeune couple et leur fillette de cinq ans. À peine avons-nous quitté la gare qu'ils se mettent à l'aise, en jogging et pantoufles. Les Russes ordinaires, ceux qui ne se déplacent pas en jet privé, préfèrent le train, plus confortable que tout autre moyen de transport. Ils ont l'habitude des trajets qui durent, à l'échelle de leur territoire, immense. Des forêts de bouleaux, des plaines, des forêts de bouleaux, des plaines… Les quelques livres que j'ai apportés suffiront-ils à tuer le temps ? Il me reste encore trois jours et quatre fuseaux horaires avant d'atteindre ma destination, à l'est de l'Oural.

Face à moi, la femme extrait de son sac des poissons séchés et des *ogourtsi*[1], les pose sur la petite tablette. Je réplique avec des *pirojki*, chaussons-bouchées farcis au chou, aux pommes de terre ou à la viande, achetés à l'une des babouchkas qui trimballent sur les quais leurs seaux de pitance à emporter. Certaines vendent aussi de la vodka maison de façon discrète, la nuit. « Moi, je n'en bois pas, pas du tout », précise fièrement le père de famille, Sergueï. Il loue la politique du gouvernement, qui a interdit la vente d'alcool dans les kiosques et la consommation dans les parcs. Très vite, je ne peux que me laisser prendre au jeu de la séance photos-souvenirs sur leur portable, avant d'être cordialement invitée à séjourner dans leur *datcha*[2]. Sergueï m'en livre une description idyllique, tandis que sa femme acquiesce : se prélasser dans la chaleur du *bania*, plonger dans la rivière toute proche, déguster du poisson frais, humer le doux parfum des *chachliks*... Réservé exclusivement à la gent masculine, l'art de la préparation de ces brochettes est une institution. Chacun détient le secret d'une marinade réussie, connaît la meilleure façon d'enfiler les morceaux de viande sur les longues piques en fer et de les griller lentement au barbecue, et vous avez intérêt à en faire l'éloge sous peine de vexer le cordon-bleu du jour.

1. Cornichons russes.
2. Maison de campagne.

Durant l'année, le couple habite une ville industrielle au nord de la Sibérie. « Ma femme est prof dans le supérieur. Moi, je travaille, je suis ingénieur dans le pétrole. » Enseigner est une sorte de hobby, semble-t-il – je comprendrai par la suite qu'elle gagne à peine l'équivalent de trois cents euros par mois. Je comprendrai aussi le fatalisme des professeurs d'Anna, une étudiante que j'ai connue à Moscou. Elle me raconte qu'après trois mois de salaires impayés, ceux-ci n'envisagent pas pour autant de se mettre en grève – alors que le problème vient d'un banal détournement, tous en sont persuadés.

Sur les 15 % de pauvres comptabilisés par les statistiques officielles (Rosstat), la moitié se compte parmi les familles d'employés, surtout du secteur public – enseignants, médecins, professions culturelles, etc. En Russie, être pauvre, c'est survivre avec un revenu de moins de cent soixante euros par mois. En général, comme tout le monde, les professeurs s'adaptent : conjoint avec un « vrai » salaire, comme la femme de Sergueï, cours particuliers ou vente de diplômes aux étudiants... La corruption des fonctionnaires a encore de beaux jours devant elle. La Russie occupe le 143e rang sur 182 pays sur le baromètre 2011 de Transparency International, au même niveau que la Biélorussie, la Mauritanie et le Nigeria. Peu importe. Mes patrons, eux, ne risquent rien. Insouciante, je grignote une lamelle de poisson séché en écoutant Sergueï parler.

Vive la mariée !

Liza languit auprès de ses petits camarades dans une salle de jeux plus vaste que mon appartement, équipée d'un écran plat 52 pouces et de portiques. Avec sa robe blanche de créateur brodée de fil d'argent et ses longs cheveux bouclés au fer, elle a tout d'une petite fille modèle Ancien Régime.

Je joue comme il se doit mon rôle de préceptrice prestige jusqu'à ce que surgissent quatre animateurs affublés de costumes tout droit sortis du dessin animé *Raiponce*. Là, la vitrine de l'ambition culturelle des Sokolov – que j'incarne, est-il utile de vous le rappeler ? – peut remballer ses bonnes manières et retourner côté coulisses. Censée transmettre, outre la langue, si distinguée, les codes du savoir-vivre *à la française*, je prie Sa Majesté notre princesse de retirer les mains de ses poches tandis qu'elle joue à 1, 2, 3 Soleil. Cette attitude ne sied pas à son rang.

Nastia, elle, ne néglige jamais ces choses-là. Telle la baronne de Rothschild, elle accueille personnellement, dans le vestibule du restaurant privatisé où sont servis champagne et petits-fours, chaque invité par un mot gentil, une formule qui fait mouche. Plus photocall d'une avant-première cannoise qu'accueil classique de réception privée, le défilé des convives aux airs d'ambassadeurs de marques de luxe passe sous les flashes crépitants de la photographe louée pour l'occasion. Sont présents les plus proches amis du couple, russes et étrangers – voyage et hôtel ont été gracieusement inclus dans le package. Très généreux, les Sokolov ; des amis, ils en ont à revendre.

Avant de prendre place pour le dîner, le chef, un proche également, cela va sans dire, apparaît pour saluer les hôtes. À côté de lui, les trois cuisiniers russe, français et italien chargés de concocter les repas quotidiens font bien pâle figure. Cet Italien propriétaire d'un restaurant étoilé au Michelin, où la petite famille a ses habitudes pendant l'été, a semble-t-il d'abord décliné la proposition au motif qu'il s'était engagé pour un événement d'envergure à la même date. « J'ai beaucoup insisté et, au final, il est venu, spécialement pour Liza », précise Nastia, extatique. Un pouvoir de conviction sans égal.

Le repas des enfants achevé, entre en scène une chanteuse vêtue d'une microrobe aux couleurs chatoyantes. Relativement connue par ici, elle a plus d'une corde à son arc puisque, en plus d'avoir doublé la voix de Raiponce version russe, elle a posé en couverture de *Playboy*. Quand Liza surgit pour lui piquer le micro et exhiber ses talents, la jeune starlette s'exécute docilement. Son sourire, contraint mais pas outré, trahit son habitude de « faire des ménages » chez les nouveaux riches.

Durant tout ce temps, aidés par les gardes du corps, les chauffeurs ont multiplié les allers-retours pour convoyer au domicile de la reine du jour la trentaine de bouquets de fleurs et la montagne de cadeaux. Quand nous rentrons, Liza entame le déballage : une petite dizaine de robes siglées, trois fourrures, des sacs, des bijoux. Adorable petite poule de luxe. Indifférente aux cartes accompagnant les précieux présents, elle se débarrasse très vite de sa besogne et se plonge dans son nouveau MacBook Air. Ma mission, si je l'accepte : consacrer une bonne heure à ouvrir le reste. Dans le désordre et sans exhaustivité – remerciez-moi : un iPhone 4 destiné à dormir dans un placard et un télescope, qui ne présenteront à ses yeux aucun intérêt, loin dans le palmarès derrière les cargos de PetShop. « Je ne sais même pas qui lui a offert quoi », avouera Nastia le lendemain, en m'aidant à ranger. Les courtisans risquent d'être déçus.

Trente-cinq enfants, quarante adultes, quatre spectacles et un feu d'artifice. Une salle de banquet dotée d'une capacité d'accueil d'environ deux cents personnes. Sous quelques lustres, de longues et larges tables auxquelles on s'assied et où on s'égosille avec zéro risque de transmettre ou de recevoir le moindre postillon. Un chef étoilé, des présents par centaines, un staff d'animateurs triés sur le volet. Devant la petite scène, des poufs rouges et bleus, destinés aux spectateurs, des canapés et, tout proche, un petit buffet garni d'une fontaine à chocolat… L'essentiel : combler le vide.

Un mariage ? Non, un goûter d'anniversaire.

Liza a fêté ses huit ans.

L’appétit vient en mangeant

C’est dimanche, il est 10 heures, c’est parti pour un petit-déjeuner en robe de chambre et en famille autour de la grande table du salon.

Le palais d’Aliocha, appréciant sans doute le mélange des saveurs, passe du caviar Beluga de contrebande à 1 000 euros la cuillère au « saucisson » type Knacki, péché mignon des Russes. Crêpes, toasts, *tvorog*[1], poissons fumés, confitures fraîches, œufs brouillés, pâtisseries de chez Wolkonsky, version locale de la boulangerie parisienne Kayser où se ravitaille la caste de la Roubliovka – et les expats gourmands en crise de manque… La panse bien pleine, une fois habillé, tout le monde fonce chez tonton.

11 heures. Je questionne Liza : « Vous allez rester là-bas pour déjeuner ce midi ? – Ben non, on y va pour le petit-déjeuner, c’est le matin encore ! » Évidemment.

Après ce deuxième en-cas, dix minutes de pause digestive bien méritée suivent le retour à la maison.

1. Fromage frais.

13 heures. Il est temps d'aller au restaurant. À l'entrée d'une sorte de taverne massive blanchie à la chaux et après un passage obligé aux vestiaires, une énorme tête d'orignal empaillée nous accueille. Son regard morne fixe un trophée de sanglier entier, lui, et tout aussi imposant – une bête d'au moins trois cents kilos. Des dizaines de peaux de loups recouvrent les chaises hautes du bar et flottent le long des cordes séparant les espaces, sur deux niveaux. Un moulin à eau miniature, un petit pont en bois et un foyer où le feu crépite joyeusement complètent ce décor de chasse subtil.

Certains ripaillent et se curent allègrement les dents sous le regard du dernier des Romanov, Nicolas II. Très préoccupés par l'hygiène dentaire de leurs congénères, les restaurateurs – du simple boui-boui au gastronomique le plus couru – mettent à disposition des cure-dents qu'ils posent sur les tables et distribuent aussi parfois des chewing-gums au moment de l'addition.

Les serveurs, en bottes de cuir rouge vif assorties à la chemise traditionnelle et au pantalon bouffant, nous dirigent dans une petite pièce attenante, à l'abri des regards. J'attends sagement, par habitude, que l'un d'eux tire légèrement le siège avant de m'asseoir – une chaise en bois rustique. Contrairement à la France, où vous êtes sommée de vous débrouiller seule, cette coutume perdure ici, tout comme celle imposant aux hommes d'aider les femmes à ôter ou à remettre leur pelisse.

Coup d'œil aux hors-d'œuvre qui garnissent la table, dressée pour une quinzaine de convives :

ogourtsi, *kholodets* (viande en gelée), *salo* (lard cru, savoureux à souhait quand on fait abstraction de ce détail), légumes en saumure, *seledka pod chuboy* (littéralement « hareng sous le manteau de fourrure », alternance de couches de pommes de terre râpées, mayonnaise, hareng, mayonnaise, oignons, mayonnaise, œufs durs émiettés, mayonnaise, betteraves, mayonnaise, et ainsi de suite), salade Olivier (dés de légumes mélangés à de la mayonnaise et de l'aneth, typiquement russe malgré son nom), *pirojki*... Je m'interroge sur les capacités digestives de mes voisins, prêts à avaler ces mises en bouche après deux petits-déjeuners, quand mon patron me sert indirectement la réponse en ouvrant le marathon alimentaire, qui ne durera pas moins de quatre heures, par une rasade de vodka offerte à toute la tablée, avec le toast consubstantiel. Les nounous sont instamment priées de goûter à la « petite eau ». Je me plie donc à mon devoir uniquement par souci de donner l'exemple à Liza et Aliocha qui, en bons Russes, devront se soumettre à l'exercice dès leurs quinze ans. En attendant ce jour béni, les enfants trinquent avec du *mors*, un breuvage à base de fruits rouges, et du *compote*, une eau de cuisson légèrement sucrée obtenue grâce au mélange de plusieurs variétés de fruits.

Les serveuses, vêtues de robes rouges traditionnelles raccourcies l'air de rien jusqu'à mi-cuisse (le folklore tue le désir), font place nette pour poser le pain noir et les plats qui se succèdent : cochon de lait, lapin rôti, *kotleti* d'orignal (croquettes de viande hachée cuisinée avec des oignons et du lait), canard sauvage sauce cerise, *pelmeni* (sortes de raviolis accompagnés de crème fraîche aigre)... Je tente une échappée avec Aliocha, question de survie. Nous courons jouer avec les épées de bois rangées dans l'entrée, faire peur aux loups et confectionner, dans le coin « cuisine » réservé aux enfants, des biscuits truffés d'amandes et de pépites de chocolat. De retour à table, un claquement sec se fait entendre, interrompant le banquet pantagruélique. Le garde du corps surgit en trombe, furetant de tous côtés d'un air farouche. Sur un signe bref du patriarche, il recouvre son calme et quitte la salle : l'un des cousins conviés par la famille au déjeuner a malencontreusement lâché son verre sur le sol. Mais il n'y a pas eu de casse et, surtout, il n'y a pas eu mort d'homme.

19 heures. Dîner. Je préfère faire l'impasse sur les détails, mais mon estomac est en souffrance. L'avantage, c'est qu'avec un entraînement pareil chaque semaine, j'ai toutes les chances de remporter le concours du plus gros mangeur de boudin de Mortagne-au-Perche l'an prochain.

Le client est roi

Le serveur du restaurant ouzbek nous jette un regard empli de stupeur. Au pays du cash, on voudrait régler la note par carte ? Et faire moitié-moitié ? Cette folie va nous coûter une attente d'une demi-heure. Ici, on n'a guère l'habitude de ce genre de requête. Et puis la caisse ne semble pas savoir diviser par deux un repas. On nous a donc concocté un savant calcul pour équilibrer les plats selon leurs coûts, que le serveur nous apporte fièrement. Très bien. Seulement, il semblerait qu'il y ait quelques roubles de différence entre les deux additions. Une fois venu à bout de cette quasi-opération financière, le serveur dégaine son iPhone et nous montre un site internet anglais qui avertit qu'en Russie, il faut laisser d'ordinaire un pourboire de 10 % du montant total de la note. L'inquiétude se lit sur son visage. Si l'on paie par carte, c'est sans doute qu'on n'est pas familier des us et coutumes locaux. Finalement, il obtiendra plus que ce qu'il espérait. Lui au moins ne nous a pas envoyés au distributeur automatique « du coin » – à trois rues, dix minutes aller-retour par un froid qui vous paralyse.

En effet, selon l'adage, « le client est roi ». Mais son acception diffère quelque peu à l'Est. « C'est quoi votre problème ? Les oranges, je les ai achetées MOI-MÊME ce matin au supermarché ! Elles sont bonnes ! » Je viens de demander poliment au garçon de café de renvoyer mon jus d'orange, imbuvable. Et c'est le manager en furie qui a déboulé, n'hésitant pas à m'invectiver sur la terrasse de son café, sous les yeux de mes amis. Je me résoudrai à payer et partir, avec pour seule satisfaction de ne pas laisser de pourboire au délateur.

Vous trouvez les serveurs parisiens hargneux ? Au moins, ils sont efficaces. Dans une chaîne de restauration rapide à la russe, Alla hèle un *molodoï chelovek*[1], comme on les appelle ici, appuyé contre le mur et visiblement occupé à contempler ses chaussures. « Vous savez si la soupe que j'ai commandée il y a quarante-cinq minutes va bientôt arriver ? Je dois repartir travailler… – Attendez, vous croyez quoi ? Je n'ai pas huit bras ! » L'impertinence fleure parfois l'absurde. « Ce n'est rien à côté de ce à quoi j'ai assisté la semaine dernière, ajoute mon amie. Dans un restaurant, une fillette est tombée sur un morceau de verre alors qu'elle mangeait une crème glacée… » Le manager de l'établissement en question n'a pas perdu son sang-froid, il est même resté courageusement stoïque, sans qu'à son esprit naisse l'ombre de l'éventualité d'un scandale. Un geste commercial

1. Jeune homme, garçon de café par extension.

visible sur l'addition des parents outrés ? Une nouvelle crème glacée pour la petite qui a échappé de peu à une hémorragie interne ? Que nenni. Trop dangereux. S'il prend la moindre initiative, il pourrait être tenu pour responsable.

Bien heureusement, il existe parmi les restaurateurs, cafetiers, barmen (et j'en passe) de notables exceptions. Certains serveurs se montrent aimables et poussent même le vice jusqu'à prodiguer des conseils. Ils sont pourtant payés au lance-pierre, comme leurs copains.

En parcourant le menu d'un restaurant de poissons, je salive à la vue d'un saumon mouksoun (saumon à chair blanche). « Ah, non ! tranche le serveur avec une moue significative. Prenez le saumon nelma, là. » Plutôt accommodante par nature, j'acquiesce sans broncher. Quand vient le tour de mon ami de passer commande, il s'aligne sur mon choix. « Ah, non ! Pour vous, ce sera du mouksoun. Vous ne comprenez pas ? C'est logique, non ? Mouksoun, c'est le roi de Sibérie, de sorte qu'on le réserve aux hommes. Nelma, elle, est la reine de Sibérie, elle correspond donc mieux aux femmes. » Cette belle preuve d'adaptation aux goûts des clients montre qu'une brèche est ouverte vers un service à l'occidentale… Ce n'est pas tout. Malgré leurs nombreux défauts, les cafés-clubs-restaurants-salons de thé réservent souvent d'agréables surprises. Des tablées sérieuses de fumeurs de pipe qui jouent aux dominos, d'autres bruyantes avec des femmes vêtues de leurs plus beaux atours, d'autres encore plus joyeuses avec leurs toasts portés à l'amour ou même à l'hiver qui s'en va et leurs concerts a capella improvisés… On tombe sous le charme de ces atmosphères, et on y retourne, jurant pourtant à chaque faux pas du serveur que c'est bien la dernière fois.

Bonne conscience politique

On parle beaucoup à l'Ouest de Vladimir Poutine hué par les spectateurs d'un combat d'arts martiaux. À l'Est, le surhomme s'expose en 4 par 3 dans la lutte contre le narcotrafic. La campagne pour les législatives 2011 bat son plein. D'ailleurs, les affiches de la commission électorale incitant les gens à aller voter le 4 décembre ressemblent comme deux gouttes d'eau à celles appelant à voter pour le parti au pouvoir, Russie unie. C'est légal, affirment les responsables. Pourquoi s'en priver ? Certains excités osent pourtant s'indigner. Je vois défiler sur Facebook des visuels de pancartes détournées, des caricatures scandaleuses de Vladimir Vladimirovitch en habits de dictateur, des parodies de censure... L'innocent jeu de chaises musicales des deux têtes de l'exécutif ne plaît pas à tout le monde. Il est pourtant tout naturel et rassurant. Comme le pense mon boss : « La seule chose dont on se souviendra de Medvedev président, c'est la suppression du changement d'heure. » Trois heures de décalage avec l'Europe en hiver, au lieu de deux comme auparavant, c'est mauvais pour les affaires. « Mais "notre" président [l'autre, l'éternel] remettra les pendules à l'heure dès qu'il reviendra au pouvoir. » La question de sa réélection ne se pose pas. Elle ne fait aucun doute.

Deux semaines plus tard, pourtant, la colère monte. Le peuple descend dans la rue. Les fraudes des législatives lui restent en travers de la gorge. Banderoles, slogans anti-Poutine, ballons et rubans sont déployés dans les manifestations. À pied d'abord, puis en voiture, l'hiver russe refroidissant même les esprits les plus échauffés. « Contre la corruption ! » indique un panneau fixé à l'arrière d'une jeep, au-dessus d'une mitraillette. Aux grands maux les grands remèdes. Mais, le plus souvent, des torchons ou des chaussettes accrochés aux essuie-glaces font l'affaire, du moment qu'ils sont immaculés. Le blanc, c'est la non-couleur qui a émergé de l'amas hétéroclite de drapeaux d'opposition, des libéraux de Iabloko (blanc et vert) aux nationalistes radicaux (jaune et brun), en passant par les communistes (rouges).

Dans son Beverly Hills moscovite, Nastia tremble en observant ces insurgés à la télévision. Elle veut à tout prix s'envoler à l'étranger pour le week-end de la présidentielle. On ne sait jamais, si ces révolutionnaires principalement issus de la classe moyenne supérieure qui défilent dans le calme se piquaient soudain d'envahir les bunkers des milliardaires… Son émoi se comprend aisément. Ces rassemblements concernent au moins quelques dizaines de milliers de personnes dans une poignée de grandes villes ! Cette situation est exceptionnelle pour le pays, Vladimir Poutine le reconnaît lui-même. Magnanime, il admet par la voix des ondes radiotélévisées d'État que les manifestants ont le droit de s'exprimer.

Le problème, c'est leur leader. Ils n'en ont pas, ou trop. La plupart n'admettent guère les idées des forces extrémistes de tous bords, ils veulent simplement éjecter Poutine. Mais aucun candidat ne leur plaît. À la rigueur Mikhaïl Prokhorov, mais sans grande conviction. Cet oligarque rechigne à participer aux manifestations mais semble à peu près crédible comme figure d'opposition. Il arrivera en deuxième position à Moscou, avec 20 % des voix – contre un peu moins de 8 % au niveau national. Sveta a voté pour lui, par défaut. Cette Moscovite pure souche regrette l'époque soviétique, mais pas au point de souhaiter un retour des communistes au pouvoir. « On vivait mieux avant la chute de l'URSS. Il n'y avait pas de concurrence pour le travail, comme celle des Ukrainiens aujourd'hui, qui acceptent des salaires trop bas. Et puis on ne possédait pas grand-chose, mais tout le monde portait les mêmes vêtements, on avait les mêmes meubles, les mêmes voitures... Maintenant, on regarde ce qu'achète le voisin et on en veut toujours plus. » En cela, elle ne désavoue pas son futur président, contre lequel elle manifeste. Il l'a affirmé : « Celui qui veut restaurer l'Union soviétique n'a pas de tête. Celui qui ne la regrette pas n'a pas de cœur. » Nombreux sont ceux qui pensent ainsi. Le PC reste la deuxième force politique, avec des régions traditionnellement plus rouges que d'autres. « À Vladivostok, les gens ont toujours voté pour les communistes, alors ils continuent, par habitude, estime Igor, la trentaine. Ils n'ont rien contre Vladimir Poutine.

Pour ma grand-mère, c'est le même type de raisonnement, avec le résultat inverse : elle se plaint de Russie unie, mais vote pour ce parti parce qu'il est au pouvoir. Moi, si je ne suis pas allé manifester, c'est parce que, de toute façon, je ne sais pas pour qui voter. »

Après tout, la démocratie au nom de laquelle les manifestants défilent, est-ce si important ? Synonyme du libéralisme effréné des années 1990 et du renversement des valeurs qui en a traumatisé plus d'un, elle n'a pas forcément bonne presse. « Je n'aime pas la politique, je ne vote pas », me confie Dima, un chauffeur qui ne lit pas non plus les journaux et ne suit pas les informations à la télévision, trop biaisées. « Ça ne sert à rien, on ne connaît pas personnellement les candidats, difficile de leur faire confiance. » Et puis ce n'est pas important, ce qu'il veut, lui, c'est l'ordre et le calme. Pouvoir travailler, s'occuper de sa famille et vivre en paix. De toute façon, qu'est-ce que la démocratie ? Elle n'existe pas véritablement, même aux États-Unis. Et puis elle a des effets pervers : la liberté de la presse, par exemple. « Tu te rappelles l'attaque terroriste du théâtre de la Doubrovka à Moscou, en 2002 ? me demande-t-il, encore ému par le souvenir de l'événement. Sans démocratie, elle n'aurait pas causé autant de morts. Deux otages ont réussi à s'enfuir. Mais des journalistes ont expliqué en direct à la télé par où ils sont sortis, du coup les Tchétchènes ont bloqué cette issue… Avec des médias tenus par le pouvoir, ça ne serait jamais arrivé. » Par méfiance, donc, il s'abstient, comme 40 % de ses compatriotes.

Les parias

À Moscou, il est de bon ton de détester les Caucasiens, gracieusement baptisés *Tchiornyi* (les Noirs) ou, mieux encore, *negri* (les nègres). Musulmans pour la plupart, ils sont originaires des régions du sud de la Russie (Ingouchie, Tchétchénie, Daghestan...) ou des républiques voisines, comme l'Azerbaïdjan.

« Ils sont agressifs ! » lâche mon milliardaire de patron. « Ils sont très impolis. Ils nous bousculent, ils crachent par terre et sont sales », s'enflamme une serveuse. « Ils me sifflent dans la rue. Ils essaient d'imposer leur culture conservatrice. On est envahis : désormais, un passager sur deux dans le métro n'est pas russe », me confie sans gêne une copine – pourtant spécimen rare d'ouverture culturelle – qui rêve de s'expatrier. Le consensus se dévoile sans détour, terrifiant, toutes couches sociales confondues, et vise autant les immigrés les plus pauvres, qui triment comme chauffeurs de taxi, ouvriers du bâtiment ou balayeurs, que les nantis. « Je ne suis pas raciste, commence un étudiant d'origine ukrainienne qui a participé aux manifestations pour défendre la démocratie, mais c'est vrai qu'à la fac d'éco, les Caucasiens investissent les lieux avec leur argent – sale –, achètent leur diplôme, roulent en Mercedes et, pour finir, vivent comme les rois du monde. Ils ne sont pas intelligents et se permettent de mépriser les Russes : pour eux, les hommes sont des ivrognes et les filles des putes. Ici, ils se croient tout permis et agissent bien différemment de chez eux. Pourtant, ils devraient bénir notre pays, qui leur a apporté la civilisation… » Non seulement les ingrats, « intégrés » dans l'Empire aux XVIIIe et XIXe siècles, ont osé conserver leurs spécificités culturelles, mais en plus, maintenant, ils envahissent Moscou…

Heureusement, les Russes, les vrais, savent que leur situation pourrait être pire, et me plaignent – malgré moi. Un mal affreux ronge notre douce France, défigurée par la politique migratoire *trop laxiste* de Nicolas Sarkozy. « Il n'y a plus de Français ! C'est devenu un pays musulman. Je l'ai remarqué quand j'y suis allé, en 2007 », s'insurge un grand gaillard à la sortie d'un cinéma, avec un air de rescapé de pays en guerre. Les amis qui l'entourent acquiescent. Les reportages télévisés sur les émeutes des banlieues cette année-là en ont choqué plus d'un sur l'« état » de la France des visages pâles et des bonnes manières, assiégée par une horde de barbares infidèles. La dynastie Le Pen est particulièrement estimée ici…

Si des Caucasiens peuvent se montrer violents, certains Russes le leur rendent bien. En 2011, une centaine d'agressions, parfois meurtrières, ont été motivées par la haine raciale. Selon l'organisation internationale Monde sans nazisme (WWN), fondée à Kiev en 2010, les groupes d'extrême droite en Russie comptent près de 24 000 membres, dont certains suivent des entraînements au sein de camps paramilitaires. Ces gros bras prouvent régulièrement leur force en bataillant contre les policiers de l'Omon, les unités de forces spéciales du ministère de l'Intérieur russe, connues pour leur peu de délicatesse. Surtout, leurs idées se propagent dans la société. Les forces politiques jouent sur ce sentiment nationaliste xénophobe, de l'extrême droite à l'extrême gauche. Même le fameux blogueur anticorruption Alexeï Navalny, égérie des manifestations de l'hiver 2011-2012[1], participe aux marches russes aux côtés de groupes mimant le salut fasciste et soutient le rassemblement « Arrêtons de nourrir le Caucase ! » qui réclame, avec des accents islamophobes, l'arrêt des subventions publiques aux régions du Sud corrompues.

Vladimir Poutine semble échapper à la tentation. Il est souvent perçu comme – trop – modéré par ses compatriotes. C'est ce qui explique en partie sa cote de popularité auprès de nombreux expatriés, malgré son exercice du pouvoir quelque peu autoritaire. Un point de vue parfois difficilement compris depuis la France.

---

1. Manifestations contre les fraudes observées pendant les élections législatives de décembre 2011 et contre le retour de Poutine au siège de président.

Hiver russe

Passant par le jardin enneigé, ma collègue anglaise a aperçu des traces de pieds… nus ! Panique. Elle a presque cru au yéti – après tout, j'ai lu dans les journaux que des scientifiques russes avaient prouvé à 95 % son existence dans une région de Sibérie. Mais une enquête minutieuse a en fin de compte révélé qu'il s'agissait des empreintes de Iouri, l'un des gardes du corps des Sokolov.

« *Ne kholodna ?* (« Tu n'as pas froid ? ») – Ben non, il fait beau ! » Oui, c'est vrai, pas de mauvaise foi, bien que le thermomètre affiche presque – 15 °C, le soleil brille. Plantée dans mes bottes fourrées en laine de mouton jusqu'au bout des orteils (détail à ne pas négliger sous ces latitudes) et littéralement empaquetée dans une doudoune en plumes de canard qui couvre un pull douillet en cachemire et un jeans enfilé sur des collants thermolactyl, grelottant malgré mon bonnet de laine et une écharpe enroulée trois fois autour du cou, je sens poindre la jalousie à le regarder se balader effrontément dehors en caleçon sans broncher. « C'est bon pour l'organisme ! » Visiblement, le gaillard n'a jamais souffert d'hypothermie. Son secret pour rester jeune et en bonne santé : se badigeonner le corps de neige une minute après sa séance quotidienne de musculation. Ne sent-il pas le froid qui irradie dans les sinus, craquelle les mains, taillade le visage ? J'attends avec une relative impatience les −30 °C de janvier-février pour voir s'il faiblit.

Mais j'en doute. Iouri est un inconditionnel du plongeon sous la glace. « Ça endurcit le corps. » Probablement. Je ne préfère pas tester, même pour le salut de mon âme. Car notez que tous les 19 janvier, afin de célébrer le baptême du Christ conformément au calendrier orthodoxe, quelques milliers de Moscovites se dévêtent joyeusement sur les rives du fleuve ou des lacs pour prendre un bain de minuit dans un trou pratiqué à même la glace, après bénédiction des eaux par un pope. Et l'expérience ne tente pas que des types à la barbe drue et à la carrure de Viking. À Saint-Pétersbourg, en me promenant sous les remparts de la forteresse Pierre-et-Paul, j'ai vu une petite babouchka rondouillarde de soixante-dix ans bien tassés enfiler pudiquement son deux-pièces rose derrière une serviette, avant de se jeter par −5 °C pour quelques brasses dans la Neva glacée. Il faut croire que ça conserve. Cela dit, le mieux pour se maintenir en forme et éradiquer toutes les maladies, selon Iouri, c'est l'immersion complète entre deux séances de *bania*, le sauna russe, qui combine températures écrasantes (80-100 °C) et humidité. Tandis que l'eau projetée sur un poêle en briques produit une vapeur épaisse qui vous aveugle, quelques râles courts parviennent à vos oreilles. Rien d'érotique dans cette tradition, les gémissements sont ceux des victimes consentantes vigoureusement fouettées avec des *veniki*, des branches de bouleau. On sue et on active la circulation sanguine pour un nettoyage en profondeur. En plus, l'odeur des feuilles qui titille les narines est bien agréable. « On peut aussi utiliser des branches de chêne, contre les douleurs dorsales. » Lui-même amateur assidu, Iouri y emmène ses deux garçons une fois par mois. Et, après l'alternance de chaleur et d'eau glacée, rien de tel, pour compléter la cure de bien-être, qu'une tisane accompagnée de poisson fumé et d'*ogourtsi*. Toujours est-il que certains choisissent un breuvage un peu plus costaud pour se remettre d'aplomb.

« La vodka, pour nous, c'est un médicament ! » me lance le chauffeur de Liza quand j'aborde le sujet du fléau de l'alcoolisme en Russie. Preuves à l'appui : « Quand tu as mal à la gorge, tu bois de la vodka avec une pincée de poivre et du miel. C'est bon pour soigner la toux et les refroidissements. Si tu as mal au ventre, tu ajoutes du sel. Tu peux aussi la faire chauffer avec des pommes de terre ou de l'eucalyptus et l'inhaler pour dégager les sinus et les bronches. Mais surtout, quand tu veux faire baisser la fièvre, tu t'en badigeonnes le corps. Un miracle ! » Des recettes de grand-mère 100 % efficaces, me promet-il. Avec ces remèdes et du thé vert au citron tous les jours, on m'assure que je passerai l'hiver sans problème. « Et pour le mal de tête ? » osé-je en toute naïveté. « Euh… dans ce cas-là, il faut peut-être essayer avec du cognac ! »

Je ne me prive pas d'une « petite eau » de temps à autre. Je veux bien croire qu'elle soulage la douleur.

Mais son effet est temporaire, attention à la gueule de bois et à l'automédication : le pays détient le record mondial de décès dus à l'alcool[1].

Pour continuer dans les spécificités locales, j'ai aperçu l'autre jour un homme debout sur le toit d'un immeuble – la prudence la plus élémentaire m'impose en effet de lever fréquemment la tête en marchant dans la rue afin d'éviter les pics à glace assassins, des stalactites formées sur le bord des gouttières qui se détachent sans prévenir. Tentative de suicide ? J'ai failli trébucher sur une sournoise plaque de verglas quand j'ai réalisé que l'individu, armé d'une pelle, s'activait simplement à dégager la neige du toit. Une mesure de précaution très courante pour protéger les passants de dangereuses avalanches. Le tout sans protection ni harnais, puisque la chute d'un ouvrier engendre statistiquement moins de risques pour les piétons que la chute de neige.

Toujours trottant dans mes grosses bottes El Naturalista à talons plats en caoutchouc, conçues pour être confortables et protéger du froid, et dont j'ai cru pouvoir compenser l'absence de féminité par le choix d'une teinte aubergine, j'observe avec envie les filles en jupe qui déambulent d'un pas court mais assuré en talons aiguilles. Ces (fausses) blondes élancées arborent fièrement des collants fins, des fourrures leur dissimulant à peine l'arrière-train, et cette allure, alors qu'elles courent tout bonnement au travail ou

1. L'Organisation mondiale de la santé (OMS) évalue entre 10 et 14 % la part des décès dus à l'alcool en Fédération de Russie dans son rapport sur la santé dans le monde (2004).

à l'université, de qui va décrocher un poste de directrice marketing chez Guerlain. Moi-même, j'ai tenté ma chance. Résultat : bleus et cryogénisation des cuisses. La prochaine fois qu'il me prendra l'envie de me percher pour sortir, je ferai appel à un mâle-accoudoir.

Enfant de la Lune

Aliocha est tombé malade. Sa mère, prévoyant le désagrément, avait pourtant tranché : pas de jardin d'enfants pendant les deux semaines suivant les vacances de Noël – les camarades de classe du petit, issus comme lui de familles défavorisées, lui auraient à coup sûr transmis des microbes en guise de souvenirs de leurs périples aux quatre coins du monde.

Nastia aurait dû se montrer plus prudente encore. C'est un fait indéniable, tout contact avec le monde extérieur est nocif. La preuve : « Il a attrapé ce virus samedi dernier quand il est allé au cirque avec Daisy… » Elle regrette, comme cette fois où, à Monaco, décidément inconsciente, la même gouvernante avait laissé l'enfant se tremper les pieds dans la mer par 20 °C, autant dire un froid sibérien. C'est quand même dommage, parce que, le cirque, en dehors de l'école ou du sport, c'est pour ainsi dire l'unique activité qu'il ait eue à Moscou depuis mon arrivée – mis à part le tour du pâté de maisons.

Lorsque la fièvre se déclare pendant la nuit, on décrète la mise en quarantaine du malade. Confinement à l'intérieur de la demeure familiale pendant trois semaines. Aliocha passera ses journées vautré dans le canapé devant ses dessins animés préférés à engloutir des sandwichs chocolat-saucisson, sa nounou et sa tendre maman aux petits soins à ses côtés. C'est la seule façon pour lui de reprendre des forces... Liza, encouragée par sa gouvernante russe à se tenir à l'écart, est tellement traumatisée par ce gros rhume qu'elle porte un masque de protection en papier et ne s'approche pas de son petit frère sans laisser entre eux une distance réglementaire de cinq mètres, refusant de dîner dans la même pièce et s'enfuyant à toutes jambes quand le pestiféré ose lui tendre les bras.

Je demande à Nastia, qui le câline, si elle n'a pas peur d'être contaminée : « Je n'attrape jamais les maladies de mes enfants », répond-elle, catégorique, avant d'apparaître deux jours plus tard le nez bouché et secouée par des quintes de toux. Certainement un mauvais courant d'air. Si le virus est une menace pour moi ou pour les autres nounous ? La question ne se pose pas, enfin.

Alors que pour les petits maux du quotidien Nastia établit seule les prescriptions médicales en requérant les avis de trois médecins différents par téléphone, cette fois, le cas est trop grave, la fièvre a grimpé à 37,7 °C.

Un médecin débarque en urgence au petit matin. J'assiste, anxieuse, à la consultation, quand Nastia me demande d'aller à la cuisine chercher un bol de vodka tiède. J'ignore s'il s'agit de faire boire Aliocha pour qu'il cesse de gémir – une méthode dont j'ai découvert l'existence à l'occasion d'un voyage quelques années auparavant en Ukraine –, mais je m'exécute sans ciller. Le médecin trempe une petite serviette dans le bol et commence à badigeonner le souffrant d'alcool. Pour calmer la fièvre. Pas l'enfant, visiblement, qui pousse à cet instant des hurlements de bête. Viennent ensuite le tour des inhalations à l'aide d'un appareil sophistiqué qui fonctionne à piles, des gélules homéopathiques préventives, du sirop pour la toux, des gouttes pour le nez, de la crème suisse aux plantes pour dégager les voies respiratoires et encore d'autres pilules miracle dont je ne saurais déterminer la fonction précise.

Quand sonne l'heure du bain, j'essaie de tirer Aliocha de sa torpeur télévisuelle. Nastia me sermonne : « Bien sûr que non, il ne va pas se laver : il est malade ! » J'avais omis cette évidence. D'ordinaire, l'hygiène leur tient tellement à cœur… Pour Aliocha, voilà le topo : bain le soir et douche le matin quand il va à l'école ou rentre de promenade en période de pollen allergène, changement de tenue complète au minimum trois fois par jour, davantage quand il se tache en mangeant ou s'asperge de gouttelettes d'eau en se lavant les mains (impossible d'y échapper, il est le premier à rappeler à qui l'aurait oublié qu'il lui faut passer un autre T-shirt), paires de chaussons spécialement dédiées à la sortie du bain, paire de draps propres tous les trois jours. Enfin pour cette fois, heureusement que Nastia m'a rappelée à l'ordre. Victime de mon étourderie, le pauvre bambin aurait pu finir à l'hôpital. On l'aura compris, mieux vaut guérir sale que mourir lavé.

Sur la fin de sa longue maladie, en dépit de tous ses traitements dont il connaît le nom par cœur, Aliocha subit malheureusement une nouvelle poussée de fièvre. Ma collègue, autorisée à le baigner, a commis l'impair de lui mouiller les cheveux… L'écervelée n'a pas pensé une seconde aux conséquences quasi funestes de son acte.

C'est reparti pour une semaine de claustration pour les *nianias*, contraintes de rester au chaud avec leur petit malade.

Consultation

La Russie a conservé son système de santé public gratuit, selon la Constitution. Mais il semblerait bien que le service rendu au malade ne soit pas le même si l'idée lumineuse lui vient d'offrir un présent au personnel soignant. Il devient alors un patient prioritaire et choyé. Une position rassurante, voire nécessaire, en cas de problèmes graves ou d'opération. À chaque voyage en avion, ma collègue Dacha fait donc un crochet par la boutique duty free pour y remplir son panier de bouteilles de whisky, cognac ou tequila, bien moins chères qu'à Moscou. De quoi se refaire une santé. « C'est pour les médecins de ma mère… » Comme la plupart des Russes, Dacha et ses proches préfèrent consulter des spécialistes. Les généralistes, censés traiter toutes les maladies, restent à leurs yeux suspects. Partant de ce postulat, elle multiplie inévitablement les à-côtés…

À Moscou, un malade reste claquemuré chez lui, même pour un rhume. Cette règle intangible trouve ses origines dans la peur panique de la contagion, héritée de l'Union soviétique où la recherche médicale s'est polarisée sur les maladies infectieuses.

Par conscience professionnelle, ou totalement inconsciente de ses actes, l'une de mes collègues anglaises a, en dépit du risque, tenté le tout pour le tout. Voilà qu'à peine arrivée chez les Sokolov, elle commençait à tousser. Branle-bas de combat : elle a été renvoyée illico à son domicile avec un masque sanitaire, les enfants eux, ont été mis à l'abri à l'étage, et la femme de ménage réquisitionnée pour désinfecter chaque recoin ou objet susceptible d'avoir été, de près ou de loin, approché par la pestiférée. C'était la deuxième fois, celle de trop.

Cet épisode m'a vaccinée. Deux semaines après le licenciement de cette collègue, je me réveille avec une extinction de voix… Urgence. J'irais bien à l'European Medical Center, avec ses équipements high-tech et ses secrétaires trilingues, mais je ne veux pas perdre de temps en prenant rendez-vous, et surtout pas me délester de 120 euros pour une consultation de vingt minutes. Au dispensaire du quartier, au moins, il n'y a pas de file d'attente.

Je suis reçue par un ORL qui a l'air d'avoir dépassé les soixante-dix ans. Tout comme son matériel, d'ailleurs. Inquiète et un peu regardante, tout de même, je jette un œil à sa collection de grosses seringues vintage. C'est le moment qu'il choisit pour se coiffer de sa lampe frontale, avant de la retirer aussitôt pour revisser l'ampoule. Bien. Avec un peu de chance, il doit stériliser ses instruments à l'eau de sa bouilloire, laquelle traîne juste là, sur le bureau sans âge. Je repense alors aux mises en garde d'une de mes amies, celle qui est sortie de chez un dentiste pas cher avec une dent soignée, certes, mais pas la bonne… Trop tard pour m'enfuir, il m'a déjà enfourné la spatule en métal dans la bouche. Bien plus écolo que le matériel jetable. Deux petites minutes plus tard, le verdict tombe : je ne suis pas contagieuse. Ouf ! L'ORL me tend son ordonnance, un morceau de papier arraché d'un bloc de feuilles sur lequel il a griffonné ses prescriptions : 1. Ne pas parler ; 2. Boire du thé à la camomille ; 3. Faire des gargarismes d'eau salée. Une consultation efficace.

De retour chez moi, je chuchote à grand-peine le diagnostic à ma colocataire, missionnée pour appeler Nastia et lui annoncer que je suis malade mais pas contagieuse : « Très bien, je vais voir ce qu'en pense mon mari. » Le point à discuter est moins mon incapacité à communiquer en français avec Liza que mon potentiel à transmettre un virus. Mais le besoin de ma présence l'emporte sur l'effroi face à une possible contamination.

À la sortie de l'école, le chauffeur explique à Liza que j'ai perdu ma voix. Ma petite blonde commence alors en toute logique à articuler soigneusement ses mots, accompagnés de grands gestes, le tout dans un volume sonore à la limite du supportable. C'est maintenant la surdité qui me guette. Une fois rentrées, dans la cuisine de la famille, chacun me prodigue son conseil.

J'aurai testé la Borjomi tiède, une eau minérale gazeuse géorgienne, aisément remplaçable par de la bière, des infusions d'ail et du thé mélangé à du miel et du cognac. Une réussite car, trois jours plus tard, je chantais comme un rossignol.

Jour de fête

Dans son carrosse Audi A8, ma princesse porte une longue robe blanche serrée à la taille par un élégant ruban noir. Du vernis rosé sur les ongles et une touche de gloss sur les lèvres, Liza trépigne d'impatience. Assis à côté d'elle, son frère, en costume noir et nœud papillon, patiente tranquillement en se fourrant les doigts dans le nez. « Wouahhh… regardez toutes ces décorations ! » Je tente de les distraire tandis que nous traversons les Champs-Élysées illuminés. Aucune réaction. La soirée promet d'être longue.

« Tu vas voir, je ne vais pas me coucher avant 3 heures du matin ! » m'assure Liza en descendant de voiture, persuadée de m'impressionner. Je monte sur le yacht, loué pour l'occasion, perdue dans de pénibles réflexions. Aucune chance que je rejoigne à temps mes amis qui fêtent la Saint-Sylvestre à moins d'un kilomètre de là. Seul lot de consolation : du champagne Cristal à volonté…

Les Sokolov ont décidé de s'offrir une petite croisière pour célébrer la nouvelle année, histoire de voir scintiller la tour Eiffel quand ils avaleront leur dîner signé Lenôtre. La piste de danse sera assez grande, nous ne sommes qu'une trentaine, enfants compris. Leurs invités arrivent au compte-gouttes. Seulement des proches. Chez les Russes, le nouvel an se célèbre avant tout en famille. Sous le charme discret des boiseries du bateau, éclairées aux chandelles, les assiettes dorées et les gobelets argentés sont les seuls signes évidents qu'une fête a lieu. Point de ballons pailletés, de guirlandes en forme d'étoiles scintillantes brodées à la main ou de confettis aux silhouettes de grands crus de champagne… Pas de DJ non plus (trop exubérant), mais un groupe de musiciens accompagnés par des chanteurs, tous russes, arrivés le matin même de Moscou. Les Sokolov ne m'avaient pas habituée à tant de sobriété. Peut-être ont-ils contracté la fièvre du *low profile* (snobisme) parisien ?

Soudain, des serveurs apportent du caviar d'osciètre d'élevage, une bouillie de petits grains sombres à 230 euros les 100 grammes, autant dire de la camelote. Inconscients. Artiom manque de s'étrangler : « J'en ai apporté, du vrai caviar, sortez-le ! » Du bon, la crème de la crème, la Rolls du caviar, non pasteurisé, de gros grains d'esturgeon béluga sauvage aux reflets gris qui éclatent voluptueusement en bouche… Mon patron l'achète au marché noir au même producteur depuis toujours.

Ce premier faux pas digéré, un Père Noël pointe le bout de son nez. Suivant la tradition russe, soixante-dix ans de communisme oblige, c'est le 31 décembre qu'il sort de sa forêt enneigée pour distribuer des cadeaux aux gentils enfants. Là-bas, on l'appelle *Ded Moroz*, « Grand-père Gel ». Il en impose avec son long manteau bleu brodé de fil d'argent bien mieux fourré que ceux de nos contrées, sa longue crosse et la petite fille des neiges qui l'accompagne, *Snegourotchka*, bien souvent incarnée par une jolie jeune femme plantureuse. Mais ce soir, on a affaire à un banal Père Noël à l'occidentale, rouge. Et léthargique. Alors qu'en Russie, c'est un animateur qualifié de la Ded Moroz Academy qui occupe les enfants pendant que les adultes s'empiffrent et s'enivrent, notre petit Santa Claus français a l'air un peu perdu au milieu de cette tablée d'un autre monde. Il n'a absolument rien préparé, se contente de distribuer ce qu'il a dans sa hotte puis de poser le temps de quelques photos. Un tel manque d'initiative a le don d'agacer mes patrons. Tout bien réfléchi, ils auraient dû faire comme pour les chanteurs, et importer un Père Noël de Russie. Bilan des offrandes : un petit train automatique pour Aliocha, des patins à glace pour Liza. Et des fourrures Dior pour les autres fillettes, que Nastia a achetées en catastrophe plus tôt dans la journée. C'est tout. Quelle sobriété, décidément !

« 5, 4, 3, 2, 1… Bonne année ! » Les coupes s'entrechoquent, puis tout le monde file sur le pont. Je suis le mouvement, sans réfléchir, insensible à l'air frais et venteux grâce à tout le champagne que j'ai ingurgité. On discute, on patiente, fébriles. Dix minutes plus tard, des invités m'interpellent : « Où il est, le feu d'artifice ? – Euh… il n'y en a jamais à Paris le 31 décembre, seulement le 14 juillet. – Quoi ?!? Mais ils sont fous, ces Français ! » éructent-ils en chœur, joignant le geste à la parole. Je m'éloigne, honteuse d'incarner à leurs yeux un peuple capable d'une telle bévue, peuple d'irresponsables doublés de pingres, pas foutus de dépenser un demi-million d'euros pour fêter dignement le nouvel an. À Moscou, pour le même événement, on a un feu grandiose sur la place Rouge et un show musical. Artiom aussi s'énerve, un feu d'artifice le soir du réveillon, c'est sacré. Gêné, Jacques, qui s'est chargé de l'organisation de la soirée, balbutie des excuses. « La crise, vous comprenez. La Mairie de Paris fait des économies. L'année prochaine, on pourrait essayer d'organiser un tir privé… »

Une heure plus tard, avenue Montaigne, Liza tombe de fatigue sur son lit. Commence alors mon travail de lutin. Sportif. Je traverse une bonne dizaine de fois le long couloir de l'appartement pour des allers et retours entre la cuisine, où sont cachés les nombreux cadeaux des enfants, et l'entrée où trône le sapin géant. À leur réveil, c'est un joyeux déballage : des robes, des sacs à main, des DVD de Barbie pour Liza, des voitures, des Lego, un château fort pour Aliocha. Je reçois une palette de fards à paupières et un flacon de Chanel n° 5 pour le bain, de quoi assouvir ma soif de féminité. Un jour, en poursuivant mes efforts, j'arriverai peut-être à la cheville des femmes russes. On s'attable pour un petit-déjeuner festif. Le caviar coule à flots, comme d'habitude. Mais je me jette d'abord sur les pâtisseries, ces douceurs françaises qui me manquent tellement à Moscou. Une heure plus tard, on rejoint les invités dans un petit restaurant gastronomique, qui sert des plats bien franchouillards et des portions généreuses. C'est l'une des tables les plus courues de Paris, fréquentée, outre par mon patron, par des célébrités américaines : Bill Clinton, Mel Gibson, Cameron Diaz, Jennifer Aniston… En rentrant, repus, on digère devant *Ironia Sudbi* (*L'Ironie du destin*), film culte de trois heures sorti en 1975. Il passe en boucle sur les chaînes russes pendant deux jours à chaque nouvel an – le nouveau, le 1er janvier, et l'ancien, célébré selon le calendrier julien, le 14 janvier. On accompagne le héros, complètement ivre après un passage avec ses amis dans le *bania*, en arrosant encore la nouvelle année. Mais trop c'est trop, on n'arrive plus à finir les bouteilles. « Surtout, ne jetez pas le vin, précise Nastia en désignant au cuisinier le Château Margaux 1985 à peine entamé. Vous l'utiliserez dans les plats. » Il ne faut pas gâcher un premier grand cru classé à 2 300 euros la bouteille, même un jour de fête.

De la bonne foi

Dans la pénombre, un chœur de femmes récite sans discontinuer des chants liturgiques. On distingue à peine, à la lueur des bougies, les œuvres du peintre d'icônes du XVe siècle Andreï Roublev. De grandes fresques murales illustrent la vie de Serge de Radonège. Vêtu d'une longue robe noire, un moine barbu multiplie les signes de croix à trois doigts et les psalmodies mystérieuses devant le tombeau contenant les reliques du saint patron de Russie. Il passe à côté de la foule des croyants recueillis, qui attend d'embrasser la vitre protégeant la tombe. Tout incite au silence et au recueillement. Si l'on excepte, à intervalles réguliers, les escouades tapageuses de casquettes et d'appareils photo.

Haut lieu de pèlerinage et du tourisme, la petite cathédrale de la Sainte-Trinité, coiffée de ses bulbes dorés, siège discrètement au sein du monastère de Serguiev Possad, non loin de Moscou. Ici comme ailleurs, les églises ne désemplissent pas. Dmitri Medvedev l'a révélé en 2011 : la renaissance de l'Église orthodoxe russe en vingt ans relève du « miracle ».

Après soixante-dix ans d'athéisme d'État, à la chute de l'URSS, les Russes ont enfin pu respirer tranquillement l'encens. En prime, le christianisme orthodoxe est devenu un bon palliatif à la cohésion nationale, quand le pays a perdu ses repères. D'accord, l'Empire russe abrite traditionnellement d'autres confessions : on compte entre 11 et 22 millions de musulmans selon les estimations, plus d'1,5 million de bouddhistes et près de 1 million de juifs. Mais son cœur, la « Russie éternelle », a toujours été passionnément orthodoxe, tout le monde le sait.

Souvent, les babouchkas occupent les premières loges dans les églises : elles grattent la cire des bougeoirs, passent un coup de chiffon sur les icônes, admonestent les fanfaronnes qui ne portent pas de foulard ou découvrent leurs épaules. Mais ne vous fiez pas aux apparences. L'orthodoxie est tout sauf une religion de mémés en bout de course. Son influence dans la société ne cesse de s'étendre. L'un des temps forts de l'année, le Grand Carême avant Pâques, attire d'ailleurs de plus en plus d'adeptes fervents qui se plient au régime du menu *postnoe* (sans matière animale) tous les jours, si l'on en croit les sondages. Grâce à un lobbying efficace, la culture religieuse est enseignée depuis peu à l'école. Des prêtres officient dans l'armée, les dirigeants politiques s'affichent publiquement avec les représentants de l'institution… Bref, l'Église, c'est du lourd. Les Pussy Riot l'ont bien compris. Ces punkettes ont écopé de deux ans de prison après avoir pénétré cagoulées dans la cathédrale du Christ-Sauveur pour danser et chanter une prière anti-Poutine juste devant l'autel, avant la dernière élection présidentielle. Un sacré mélange des genres entre politique et religion, simple miroir grossissant des liens entre le pouvoir et l'Église. À tel point que Dmitri Medvedev a jugé utile, quelques mois plus tard, de préciser que celle-ci ne participait pas aux prises de décisions d'État. Mais résiste-t-elle vraiment à la tentation ? Il semblerait qu'elle ait déjà autorisé des prêtres à se présenter à certaines élections et se soit déclarée favorable à la création d'un parti orthodoxe.

« Je ne vais pas à l'église, pour moi tout ça n'est que business et politique », lâche un garde du corps d'un air écœuré. L'hégémonie croissante de l'Église orthodoxe l'exaspère. Il n'aime pas suivre les modes. Quelques jours plus tard, je rencontre Iaroslav, qui porte de manière ostensible une croix en argent autour du cou : « Avant, j'enseignais la catéchèse [orthodoxe] aux enfants, mais j'ai dû quitter mon église il y a trois mois à cause de jeux de pouvoir. Pourtant, les parents me réclamaient. » L'éducateur religieux s'est reconverti en chauffeur de taxi sauvage – une solution simple, rapide, efficace, en attendant de trouver mieux. Aucune honte à cela, Vladimir Poutine lui-même n'a pas dérogé à la règle quand il est rentré d'Allemagne au début des années 1990, contraint d'abandonner son poste au sein du KGB. Il faut bien s'adapter, surtout quand on a des bouches à nourrir. À trente-trois ans, Iaroslav est père de cinq enfants. Stationné devant mon immeuble, il fait défiler ses photos de famille sur son téléphone. « Le sixième naîtra en décembre », précise-t-il fièrement, en montrant sa femme enceinte. L'homme pieux contribue au repeuplement de son pays. Le défi démographique est d'ailleurs devenu une priorité pour le patriarche de Moscou et de toutes les Russies, Kirill[1], qui a appelé en 2012 le pouvoir à mieux soutenir les familles nombreuses. La Russie a perdu plus de 5 millions d'habitants en vingt ans, pour dépasser à peine les 143 millions aujourd'hui. La foi patriotique, si influente, réussira-t-elle à inverser la tendance ?

1. Chef de l'Église orthodoxe russe.

Sauver son âme

Jeudi saint. J'ai accompagné Nastia et les enfants à l'église après, et seulement après, avoir dégoté in extremis dans l'armoire commune des nounous une jupe grise coupée au genou – il faut respecter à la lettre le code vestimentaire sous peine de se faire houspiller par les babouchkas du pope, et oublier pantalons et jupes courtes.

Comme chaque matin, j'ai réveillé Liza, qui a manqué l'école pour raison de santé – un certificat délivré par le médecin de famille a été jugé plus crédible que l'appel de Dieu pour justifier son absence.

En tirant les rideaux de sa chambre, je lui demande ce qu'elle veut pour le petit-déjeuner. Elle se dresse subitement au milieu de son lit et me fixe d'un air offusqué : « Mais enfin, c'est interdit de manger avant d'aller à l'église ! » Premier blasphème.

Aliocha, dont l'âge ne constitue pas une excuse valable pour se soustraire à la célébration du dernier repas de Jésus, me demande naïvement, sur le pas de la porte : « On y va en jet ? » J'aimerais lui expliquer qu'on attend des croyants qu'avant de se présenter devant Dieu, ils adoptent une attitude d'humilité et que, en ce sens, un voyage en avion pour une dizaine de kilomètres ne semble pas approprié, mais… Il faut tout reprendre depuis le début, donc j'opte pour le plus efficace : « Non, on est à côté. »

Assise auprès des enfants dans la voiture qui nous conduit à l'église, je pointe soudain du doigt des bulbes surmontés de croix : « C'est celle-là ? » La foudre divine s'abat sur moi : « Qu'est-ce que tu fais ?! C'est interdit de montrer une église du doigt ! » C'est Liza qui, une nouvelle fois, me sermonne. Deuxième blasphème.

Avant de pénétrer dans l'église, je me couvre la tête, comme il se doit – avec mon écharpe, heureusement qu'il fait encore froid. Nastia ajuste modestement son foulard Hermès. Debout comme tous les fidèles, je reste au fond, bercée par les chants du chœur… puis par les pleurs d'Aliocha, qui n'a pas ce qu'on pourrait appeler une grande inclination pour la prière méditative et silencieuse. Une fois l'édifice parcouru et les icônes embrassées, prenant exemple sur sa mère – un conseil en passant : éviter le rouge à lèvres et s'abstenir en cas d'herpès labial –, le pauvre petit commence à s'ennuyer. De fréquents allers-retours à l'extérieur de l'édifice lui permettent de tenir deux bonnes heures, de quoi faire le plein pour le salut de son âme – parce qu'ils sont bien jolis, les gros billets glissés dans l'urne à la sortie, mais il faut avant tout apprendre à donner de son temps, et ce dès le plus jeune âge. Pour Liza, l'épreuve a également été difficile. Petite fille modèle, première à se placer juste derrière le pope, dos aux fidèles, pour boire ses paroles en vieux slavon, elle a dû sortir plusieurs fois pour surmonter son ennui, en colère contre moi, puisqu'elle me trouvait là aussi.

Mais ce n'était qu'un avant-goût.

L'office de Pâques, lui, dure toute la nuit, de samedi à dimanche, un bon moyen de mettre sa dévotion à l'épreuve. Il faut souffrir pour plaire, même à Dieu. Mes patrons, ainsi que leurs employés russes, sont censés se priver, quarante jours durant, de viande, poisson, œufs, lait, crème, beurre, cigarettes, sexe, alcool (un répit salutaire pour leur foie, c'est déjà ça de pris)… C'est le « *Post* », l'équivalent du carême catholique puissance 10 en termes de pratique. Pour rompre le jeûne le dimanche, orgie de viande et de gâteaux de Pâques.

Mais Nastia n'attend pas les temps forts du calendrier pour remercier Dieu tous les jours. « Nous avons vraiment beaucoup de chance », proclame-t-elle en levant les yeux vers le ciel. Et comme les prières seules ne suffisent peut-être pas à garder des enfants si gentils et un mari si riche, elle a recours à l'eau bénite. Toutes les pièces de la maison en sont arrosées en janvier pour protéger la petite famille des esprits mauvais. J'en verse également chaque soir dans le bain des enfants, selon ses consignes. Le signe de croix, nécessaire avant d'affronter un danger, tel un voyage en avion ou une nuit de sommeil (apparemment, les mauvais rêves peuvent être funestes), possède la même vertu protectrice et est répété, des fois que le Très-Haut n'aurait pas pigé du premier coup.

Quand le pope nous a accompagnés à bord du jet privé à l'occasion d'un voyage à Monaco, il a profité du vol pour garnir l'appareil d'icônes, collées jusque dans les toilettes, et le bénir, dans la plus pure tradition orthodoxe. Ce rituel a prouvé son efficacité sur les avions de guerre chargés de bombes dans le Caucase, qui ont réussi non seulement à voler sans encombre, mais à écraser la rébellion. « N'oubliez pas le cockpit, surtout ! » lui rappelle Nastia. Que les pilotes soient guidés par le Ciel…

Comme l'ont affirmé, fatalistes, les passagers russes d'un avion à bord duquel se trouvait un ami, qui a failli exploser en vol et a subi un atterrissage d'urgence à Moscou : « Ce n'est pas la faute de la compagnie ni des pilotes, c'est le destin. » Scandinavian Airlines a dû se ranger à cette sage conclusion, car elle ne leur a fourni aucune explication concernant l'embrasement inopiné du moteur de l'aile droite. Donc, mieux vaut avoir Dieu de son côté.

Liza a hérité de la passion divine de sa mère. Un jour, alors qu'elle enlève son uniforme scolaire, je la vois ajuster une sorte de vieux bandage grisâtre autour de sa taille.

« Qu'est-ce que c'est ?

— La ceinture de Marie ! C'est mon oncle qui me l'a offerte, elle sert à soigner les maladies. Je vais la garder sur moi tout le temps ! »

Finalement, l'amulette, probablement inconfortable, a disparu, mais j'ai compris la raison de l'engouement de Liza par la suite. Elle s'était rendue à la cathédrale du Christ-Sauveur, où était exposé de façon temporaire l'original de cette sainte relique de la Vierge, apportée du mont Athos par un vénérable abbé qui fut incarcéré dès son retour en Grèce pour une obscure affaire de vente de terrains illicite. À Moscou, des centaines de milliers de personnes ont attendu en moyenne quinze heures, par –11 °C, pour se prosterner devant la relique. Une ferveur impressionnante. Même Madonna peut aller se rhabiller, qui n'a attiré que 40 000 spectateurs lors de sa première apparition dans la ville, en 2006. Il faut dire que la ceinture de la Madone, la vraie, possède des propriétés de guérison et stimule la fertilité. Arrivés tard mais certainement prioritaires du fait de leur forte envie d'agrandir la famille, mes patrons ont dépassé toute la file d'attente pour bénéficier de ses vertus. Ils peuvent dormir la conscience tranquille, car ils ont ainsi appliqué à la lettre l'enseignement du Christ, « les derniers seront les premiers ».

French touch

Je ne peux résister au péché d'orgueil. À chaque nouvelle rencontre ou presque, on me fait l'apologie de la culture française, si dense, de la langue française, si douce, et des liens si forts qui unissent la Russie à l'Hexagone… À Moscou, s'extasier devant la série *Hélène et les Garçons*, c'est une preuve de goût. Le feuilleton a connu son heure de gloire à la fin des années 1990, avec seulement deux acteurs, un homme, une femme, pour doubler tous les personnages. Natacha et ses amis, des bobos cinéphiles issus de la classe moyenne moscovite, m'assurent qu'ils ont été à l'époque de vrais fans.

La jolie brune au style décontracté me reçoit dans sa *kommunalka*[1], un ancien appartement communautaire soviétique redécoré de coussins bariolés et de tentures chatoyantes *made in India*. Comme une séquelle de la promiscuité du passé, les convives, mal-

1. Du temps de l'URSS, les appartements communautaires abritaient plusieurs familles, chacune disposant d'une petite pièce. Elles se partageaient la cuisine et les sanitaires. Ce type d'habitat n'a pas encore complètement disparu, en particulier à Saint-Pétersbourg.

gré l'immensité du salon, préfèrent rester entassés dans la cuisine microscopique.

Oleg, le compagnon de Natacha, exhibe un T-shirt à la customisation bien ciblée : dans leurs uniformes bleu foncé, le drapeau tricolore flottant au-dessus de leurs têtes, les carabiniers de Napoléon lancent l'assaut contre la garde impériale russe. Oleg a fait imprimer sur ses vêtements les plus belles œuvres de son enfance, récupérées chez sa mère. Un verre de cognac – arménien, plus abordable – à la main, il évoque des réalisateurs français dont j'ignorais jusqu'à l'existence, tout en fouillant dans son carton de films sortis entre 1956 et 1963. Classée par pays et par époque, sa collection de DVD pirates jonche en partie le sol, court le long des murs, se niche derrière les canapés et envahit les placards.

Mais notre chère France ne rime pas seulement avec Nouvelle Vague ou grandeur napoléonienne. « J'adore la littérature française, déclare Genia, un géant à la figure ronde qui entame un poisson grillé à l'aneth. Elle est beaucoup plus encline à l'amour que nos romans russes, complètement dépressifs. » Ce romantique invétéré est un ancien journaliste. « Mais en Russie, quand tu fais ce métier, tu es soit une putain, soit un héros. » Visiblement, c'était trop compliqué de devenir un héros. Alors Genia s'est reconverti dans la vente à distance d'instruments de musique. Pour autant, son esprit critique ne s'est pas érodé : « Vous avez un problème avec vos anciennes colonies. Vous êtes envahis par les Arabes et les Africains. Enfin, vous avez de la chance, ils ne sont pas aussi violents que nos Caucasiens… » En pleine tentative de contre-argumentation, je suis sauvée par la nostalgie du professeur de yoga du couple qui nous reçoit. « C'est triste, on a perdu cette tradition soviétique de raconter des blagues pendant les soirées », regrette-t-il avant de se lancer dans une histoire graveleuse. Cet ancien dentiste à la carrure imposante et la barbe fournie enseigne aussi la méditation. Quant à sa voisine, une belle rousse, c'est une ancienne juriste qui a repris des études de journalisme et travaille comme comptable en attendant de trouver un poste intéressant. Les managers français rêveraient d'une telle capacité d'adaptation. Après les rires gras, elle embraie sur LE sujet de la semaine : les oligarques Berezovski et Abramovitch qui règlent leurs comptes devant une cour anglaise. « Ils n'ont même pas honte de dire qu'ils ont financé la campagne d'Eltsine à coups de dizaines de millions de dollars pour sa réélection en 1996 » – en échange de « cadeaux » économiques. C'est bien la seule chose sur laquelle ils tombent d'accord. En France, au moins, nos milliardaires n'étalent pas leurs manœuvres devant les juges. Une raison supplémentaire de nourrir ma fierté.

La discrétion est dangereuse pour la santé. À consommer avec modération

J'ai rejoint les Sokolov à Monaco.

Une résidence secondaire ou un yacht à proximité du Rocher est l'accessoire indispensable de tout nouveau riche qui se respecte. Attirés par le climat, aussi clément pour le bronzage que pour les affaires, ils alimentent les boutiques de luxe en grosses coupures. L'idée de séjourner presque deux mois dans cette ville de rêve où les immeubles bétonnés s'entassent sur moins de deux kilomètres carrés m'enthousiasme au plus haut point.

Sous un soleil de plomb, j'entrevois l'embarcation. La concurrence est rude. Long d'une petite soixantaine de mètres, avec sa coque noire et ses étages blancs, le pied-à-terre flottant des Sokolov n'occupe que la deuxième ou troisième place en termes de grandeur dans le palmarès des yachts privés amarrés au port. Mais l'honneur est sauf : privilégié, mon patron bénéficie d'un anneau facturé à 2 000 euros cash par jour au lieu des 1 000 indiqués sur la grille des tarifs.

Quand je monte à bord, Liza m'invite à faire le tour du propriétaire. Loin des clichés peu engageants qu'on colporte sur la vie maritime, où régnerait paraît-il la promiscuité, je découvre des chambres d'environ douze mètres carrés toutes équipées d'un écran plat et de l'air conditionné avec une salle de bains privative en marbre. Elles sont aménagées dans la coque, « c'est là que le bateau tangue le moins », m'explique la petite, inquiète à l'idée d'avoir le mal de mer. Si une violente tempête venait à éclater au cours des vingt minutes de navigation nous séparant du lieu de baignade quotidien, nous saurons au moins où nous réfugier. Pas téméraires, mes patrons s'engagent rarement dans des traversées plus longues, trop dangereuses pour une embarcation aussi fragile…

À l'étage, j'entre dans un salon tapissé de cartes du monde antiques et meublé d'un canapé et de fauteuils de brocart doré capitonnés. Dans la salle à manger attenante, des chaises de vingt kilos compressent les cuisses contre une superbe table en chêne bien trop basse, et le parquet du deuxième salon, digne d'une salle de bal, brille tellement que je crains de le rayer malgré mes pieds nus. Frissonnant à cause de la climatisation, je me réchauffe au niveau supérieur dans un troisième salon, plus lumineux et plus vaste, animé par un écran plat branché en permanence sur les chaînes russes et dont les dimensions permettent d'apprécier un Vladimir Poutine grandeur nature. Les portes automatiques donnant sur la terrasse où la famille prend ses repas restent ouvertes en permanence. Un système très ingénieux pour rafraîchir l'air extérieur, probablement.

Tandis que le yacht commence lentement à se mouvoir, Liza m'accompagne à l'avant. Les cheveux dans le vent, un bracelet contre le mal de mer au poignet, elle clame, singeant Jack, héros du film *Titanic*, dans un incroyable accent de vérité : « Je suis le maître du monde ! » Nous montons ensuite au *sundeck* par un escalier – l'usage de l'ascenseur est interdit durant la traversée. Agrémenté de banquettes, de chaises longues, d'un bar et d'un jacuzzi, ce pont est dédié à l'activité essentielle du séjour, condition sine qua non d'un retour de vacances triomphant : le bronzage.

Fin du périple. De nombreux yachts de luxe mouillent au large de cette jolie côte fleurie, séduits par le charme incomparable d'un prix du mètre carré atteignant ici parfois plus de 60 000 euros. L'eldorado du nanti, la presque certitude de ne pas tremper dans les mêmes eaux que la plèbe…

Mais cette concentration de gens de bien suscite indubitablement les comparaisons. Équipé de jumelles, mon patron admire en short de bain le bateau du voisin, russe lui aussi. Il se sent trop à l'étroit dans son yacht tout juste rénové par un architecte en vue.

« J'en aurai un comme ça, bientôt : cent mètres avec une piscine et une piste d'hélicoptère, ce sera plus pratique. » Et puis il sera équipé d'un simulateur de golf, pour dégainer les clubs juste après l'atterrissage. Encore plus pratique. Et d'un écran de cinéma, et d'un sauna, d'une salle de massage, bref, de l'essentiel. Rien qu'en chantier, il sera déjà parfait pour la parade.

Leçon particulière

Physique à la George Clooney, sourire ultra bright, un don Juan embarque un matin à bord du yacht des Sokolov. Des manières de gentleman, un petit compliment en français, un accent à tomber, je suis conquise. « C'est le *best number one* mondial des professeurs de golf, me confie Liza, visiblement en manque d'adjectifs pour qualifier son talent. Il a travaillé pour Michael Jordan et Sylvester Stallone. »

Comme tout sportif de haut niveau qui se respecte, il accorde une grande importance à son alimentation. Subitement passionnée par le sujet, je le presse de questions sur les aliments les plus riches en nutriments quand, sous mes yeux ébahis, la semi-divinité commence à mastiquer deux gousses d'ail cru. « Chaque matin ! » juge-t-il important de préciser.

Nastia nous rejoint alors, hésitante : « Quel serait le meilleur endroit… ? » Le coach tranche : la leçon se tiendra sur le *sundeck*. Très bien, donc il compte donner la leçon de golf aux enfants sur le bateau. Je crois d'abord à une blague, puis fais appel à mon imagination, jusqu'à ce qu'on monte le matériel, deux sets complets par enfant fabriqués sur mesure, l'un pour jouer à droite, l'autre pour jouer à gauche. Devant mon air sceptique, l'athlète s'explique : « Impossible de déterminer leur côté dominant avant le premier cours. » Idiote que je suis. On ne loue pas des clubs, même pour un essai, quand on possède un yacht de luxe.

Le grand maître ajuste sa casquette assortie à son pantalon à petits carreaux et s'empare d'un geste viril de l'un des clubs miniatures d'Aliocha. Je retiens mon souffle, prête à assister à un tir historique… Mais il change d'avis. Direction la plate-forme de baignade à l'arrière.

Le tapis de gazon synthétique déroulé à terre, il pose le tee et frappe l'une des balles de Liza. « À vue de nez, je dirais cinquante mètres », évalue le champion avec modestie. Un point rose fluo flotte sur la mer, transformée en green. Dommage, on ne peut pas stopper le courant pour vérifier la portée des tirs.

Dans sa parfaite petite tenue de golfeuse, gantée de blanc et chaussée de mocassins bicolores, princesse Liza tente d'imiter son maître. Les genoux légèrement pliés, elle se balance de gauche à droite derrière lui, qui se trémousse également dans une sorte de twist très « Salut les copains ». Ma mission : les filmer et les photographier sous tous les angles en vue du débriefing à venir qui analysera la posture, les défauts, les atouts. Professionnel en toutes circonstances, notre George Clooney se recoiffe avant chaque crépitement du flash. Quant à Nastia, elle s'émerveille devant les prouesses de sa progéniture : « C'est magnifique ! Superbe ! Continue comme ça, mon chéri ! » Debout derrière Aliocha, Daisy s'évertue à lui montrer comment taper avec le club et non avec le pied.

« Là-bas, à droite ! Non, plus à gauche ! » s'égosille le capitaine du bateau. C'est l'heure de la pêche. Une vraie chasse au trésor, avec une grosse épuisette et le tender[1] qui zigzague au gré des instructions. Pas question d'abandonner les balles sur le green, on ne jette pas impunément de déchets à la mer. Durée de la leçon : au bas mot vingt minutes. Le moins que l'on puisse dire, c'est que le coach n'a pas perdu sa journée, tarifée à 5 000 euros. À ce prix-là, il aurait peut-être pu se porter volontaire pour donner une leçon particulière aux nounous… Seulement, après ce labeur harassant, il a préféré sauter dans son maillot et entamer une course solitaire à la nage, une dizaine de tours de yacht. N'est pas George qui veut.

---

1. Petit bateau à moteur qui sert normalement au soutien logistique des yachts.

Sous le soleil

La mer aura toujours raison de l'homme, chacun le sait, et la Méditerranée elle aussi peut se révéler dangereuse. Partant de ce postulat, à bord de leur petit yacht, Nastia et Artiom limitent les risques. On ne sort du port de Monaco que pour aller mouiller quelques milles plus loin. Sauf quand il vente ou qu'il pleut. Parfois, coup de folie, on pousse jusqu'à Saint-Trop', un périple de trois heures, mais en ayant attentivement étudié la météo au préalable – au moindre doute, la virée est repoussée. C'est bien simple, le capitaine n'en peut plus, de cette force d'inertie.

Un après-midi de sortie, j'admire les beautés du littoral, surveillant du coin de l'œil Liza qui lézarde sur une chaise longue tout près de sa maman. Je ne reste jamais loin d'elle. Si une envie subite d'étudier un peu le français lui prenait, au milieu de sa sieste, je serais là, toujours disponible. Le cœur rempli d'espoir, mollement bercée par les cris des mouettes et le bruit des jet-skis de nos voisins d'ancrage, en attendant, j'emmagasine de la vitamine D… « Je veux le même ! » Le hurlement de Liza m'extirpe soudain de ma torpeur. Je regarde vaguement ce qu'indique son doigt. Un sofa gonflable tiré par un tender. Une poignée d'ados piaillent à chaque saut provoqué par les vagues les plus grosses. « Mais tu en as déjà un… – Ce n'est pas le même ! » Ce que Liza veut, Liza l'obtient, une logique désarmante que j'ai parfois tendance à oublier, engoncée que je suis dans mon étroitesse d'esprit. De guerre lasse, je réprime donc mon argumentation. Quelques heures plus tard, la nouvelle bouée trois places à 220 euros achetée en urgence devient la cause de tous ses maux : douleurs dans les bras, égratignures sur le ventre, eau de mer dans les yeux… Relégué au garage, l'objet du désir coule désormais des jours paisibles auprès des siens, nombreux autres caprices.

La fréquence toute relative de mes interventions comme professeur de français m'offre de longues phases d'observation durant lesquelles le monde m'apparaît moins opaque. C'est ainsi que j'ai enfin compris la fonction des kilomètres de pages de pub dans les magazines de mode. La nièce de mes patrons, quinze ans, à bord pour quelques jours, est une artiste en herbe. Elle a déjà exposé ses œuvres dans son école, où elle est très bien vue. Cette année, elle a d'ailleurs obtenu de passer ses examens un mois avant ses camarades de classe. Son père, en à peine une demi-heure (l'épaisseur de l'enveloppe m'échappe), a convaincu le directeur de la nécessité absolue de laisser partir sa petite fille chérie en vacances en même temps que lui. Négligemment assise dans un fauteuil, sa silhouette parfaite moulée dans un petit short et un marcel jaune poussin, la jeune fille lit la version russe du *Elle* en mâchant bruyamment un chewing-gum. Enfin, elle déchire des pages. Son esprit créatif revendiqué va-t-il accoucher d'un montage entre ces shootings de vêtements de luxe et ses propres photos ? Que nenni. Elle tend sans tergiverser les pages en question à sa tante : « Je veux ça… » En effet, c'est plus simple pour passer commande.

Monaco est une machine à vendre du rêve… Après le mariage attendu d'Albert, il y a tout aussi excitant. « Le concert de Jean Michel Jarre ! » Nastia a des étoiles dans les yeux, persuadée que les Français l'adorent au moins autant que les Russes. Je dissimule peut-être un peu trop mon enthousiasme. « C'est un moment historique ! » insiste-t-elle. Mais assister à un tel événement, offert par les fraîchement mariés Albert et Charlène au public monégasque, ça se mérite. Le Rocher a fermé ses portes aux voitures et aux yachts. Stationnés dans un port attenant, nous avons malgré tout opté pour des voitures – à cœur vaillant et portefeuille bien garni, rien d'impossible. Mais la police de la circulation s'est révélée inflexible : VIP ou non, impossible de passer. Les agents ont donc assisté à un défilé d'élégants talons aiguilles roses, verts, jaunes, pailletés, trottinant dans les rues jusqu'au port. Hors de question, bien entendu, de se mêler à la foule infréquentable des Monégasques. Nous avons suivi le concert du prodige depuis un balcon prêté par des amis, devant un petit buffet au champagne. Mélodieux.

Pour se divertir, à Monaco, il faut souffrir. Les soirs d'été, on adore se promener sur le port. Et à Monaco, l'été sur le port, c'est la fête foraine. Chaque jour, grisée à l'idée de retrouver le doux vacarme des manèges et des forains haranguant la foule, je m'arme de mon plus grand sac à main. Avec des enfants de milliardaires, les petits cadeaux des machines à 2 euros, ça prend de la place – et du temps aussi. Mais ce soir, chanceuse que je suis, la routine vole en éclats. Liza est immobilisée devant un stand de loterie, elle a flashé sur un ours en peluche trois fois plus gros qu'elle. Le divertissement consiste à acheter puis dérouler des petits papiers, en vérifiant qu'ils contiennent les numéros gagnants placardés derrière les forains. C'est amusant, certes, mais ça ne va pas assez vite à son goût. « Aide-moi ! » J'appelle en renfort deux membres de l'équipage, qui volent à notre secours. À quatre, le rythme s'accélère, mais 200 euros plus tard, excédée, Liza n'a toujours pas décroché la peluche de ses rêves… « On essaiera à nouveau demain, d'accord ? Viens, on va faire un tour du côté du palais des glaces ! » Ouf, le poisson est ferré. Contrainte de me cogner dans le labyrinthe déjà parcouru une bonne quarantaine de fois pour la faire rire, je m'en sors évidemment avec pas mal de bleus, mais aucune crise, c'est l'essentiel.

Un matin : « Viens, viens voir la cigarette ! » Ma curiosité est à son comble. Je rejoins Liza, par conscience professionnelle, m'apprêtant à lui débiter un laïus sur les méfaits du tabac. « Elle est où ?
– Là, tu ne vois pas, tu es aveugle ? » Juste à côté

du yacht, un élégant bateau offshore est amarré, une longue coque effilée en bois verni. La marque, Cigarette, me saute enfin aux yeux. « C'est le plus rapide du monde, conçu exprès pour mon papa ! » s'exclame Liza avec son sens habituel de la mesure. Ce petit bijou fait grimper le compteur jusqu'à 120 kilomètres/heure. « On va tous faire un tour ! » La tribu embarque. Confortablement assise dans l'un des fauteuils en cuir, j'aperçois par la porte automatique l'espace situé à l'intérieur de la coque et équipé de toilettes, d'un miniréfrigérateur (pour garder le champagne au frais) et d'un écran plat (c'est barbant parfois, la mer). Quelque peu éméché après un déjeuner bien arrosé, Artiom insiste pour prendre les commandes, sous l'œil sceptique du capitaine. Il pousse le moteur. Les sensations deviennent de plus en plus fortes. Sa conduite sportive est un pur plaisir : une volée de fouets d'eau salée en pleine face, un décollage d'hélicoptère dans les oreilles. « Stop ! » hurle soudain le capitaine, avant de reprendre la barre. Encore un peu, le bateau percutait un nageur qui s'était éloigné de la côte, l'inconscient.

Nous nous préparons à aller déjeuner dehors. Comme d'habitude, le capitaine et son second sont chargés de sortir la Rolls-Royce décapotable de Madame, la plus chère évidemment (440 000 dollars), ainsi que la Bugatti de Monsieur, une édition limitée à dix exemplaires (prix sur demande). Comme d'habitude, j'ignore où nous allons. À peine le temps de chausser nos Ray-Ban et de sentir le vent dans nos cheveux que les bolides se garent sur le port, à deux cents mètres du yacht. Là, je comprends. Il est tout bonnement improbable de se rendre à l'Automobile Club à pied.

Les Sokolov aiment convier leurs amis sur leur bateau. Les nouveaux, des Européens de la haute, et les anciens, d'authentiques Russes, ceux qu'Artiom connaissait avant de faire fortune qui mangent avec les doigts dans les restaurants huppés de Monaco, s'essuient sur la nappe, jurent et boivent jusqu'à plus soif… L'un de ces fidèles amis d'enfance a égaré ses lunettes dans la mer. Enivré par l'espace infini des flots et la nuit noire, il a commencé à déclamer du Pouchkine, un phénomène tout à fait répandu à l'Est, avant d'enjamber la balustrade du yacht. Vaguement retenu par ses compagnons, aussi gais que lui, le poète a fermé les yeux, ouvert les bras… et est tombé à l'eau. Effarés, les membres de l'équipage ont jeté la bouée de sauvetage et couru chercher une lampe torche. Heureusement, même handicapé par une myopie, le Russe est résistant.

Les vapeurs de l'alcool

Un soir d'automne, sur les bords de l'étang des Patriarches rendu célèbre par Boulgakov[1], un homme offre sa veste à un SDF en guise d'adieu. Pris d'un élan de compassion et porté par l'ivresse, il a dansé avec lui et l'a embrassé comme un frère. Une scène digne d'un roman de Dostoïevski que m'a narrée une Française, témoin de ces effusions.

L'alcool mène au meilleur comme au pire. Une nuit que je me balade dans la ville avec des amis, un para qui tient à la main une bouteille de vodka presque vide se met à pourchasser l'un d'eux. « Viens ici ! » hurle-t-il, en rage. Peu familier de la langue slave, l'apostrophé n'a pas répondu à son salut, vexant salement l'armoire à glace. « C'est quoi le problème ? On est français ! » crié-je assez sèchement, par réflexe. En une demi-seconde, changement de karma et l'agressivité, à forte potentialité en crânes fracassés, mute en de chaleureuses embrassades, toutes de larmes et

1. Dans le célèbre roman *Le Maître et Marguerite*, c'est à cet endroit que Berlioz et Bezdomny rencontrent Woland, le diable.

de rires mêlés. Nous sommes désormais les meilleurs amis du monde.

L'attitude la plus prudente consiste à garder ses distances : 80 % des meurtres en Russie sont perpétrés par des individus en état d'ébriété[1]. Partant de ce postulat simple, si dans le métro vous faites face à un homme occupé à extraire un long sabre de son fourreau, cadeau d'un anniversaire très arrosé, manifestement, mieux vaut prendre ses jambes à son cou. Et ce même si l'homme en question suggère gentiment de vous faire une démonstration, comme cela m'est arrivé. Le plus souvent, les ivrognes que je croise se bornent à se cogner contre les murs, à emprunter un escalator à contresens ou à s'étaler sur le sol. Au pire, ils me tombent dessus par inadvertance – ce qui pourrait tout de même un jour me coûter une côte.

J'ai de la chance. Statistiquement parlant, mon sexe me protège : ici, un homme sur cinq meurt à cause de l'alcool, contre 6 % des femmes[2]. Les Russes consomment en moyenne près de seize litres d'alcool pur par an et par personne[3]. On est loin du simple remontant pour se réchauffer pendant les longs hivers rigoureux ou de la petite bière désal-

1. Rapport 2009 de la Chambre civile russe (organe consultatif auprès du Kremlin).

2. À titre de comparaison, près de 4 % des décès sont liés à l'alcool au niveau mondial. Rapport 2011 sur la situation de l'alcool et de la santé dans le monde par l'OMS.

3. Moyenne pour un adulte (quinze ans et plus), contre douze litres en Europe.

térante en période de canicule… C'est presque trois fois plus qu'en 1989, alors que l'amplitude thermique, elle, ne change pas. « Il faut nous comprendre, m'explique Ioulia, une assistante personnelle rencontrée lors d'un goûter d'anniversaire mondain. Beaucoup de nos compatriotes ont perdu espoir. D'abord élevés dans le mensonge du communisme, ils ont ensuite constaté que la révolution [de Boris Eltsine] ne servait à rien, que tous les hommes politiques mentaient. Chacun s'est replié sur sa famille. Ceux qui n'ont pas su s'adapter pour survivre, surtout dans les endroits encore très pauvres, ne comprennent pas comment leur vie a pu changer à ce point, pourquoi leur avenir est subitement devenu incertain après la perestroïka. Donc ils se noient dans l'alcool. » Littéralement. Une coutume locale, le *zapoï*, ou accès d'ivrognerie, consiste à boire jusqu'à en tomber par terre[1]. Ces beuveries durent parfois plusieurs jours.

Difficile de s'afficher comme un pays moderne et développé quand le cancer de l'alcoolisme ronge ses hommes, dont l'espérance de vie atteint seulement soixante-quatre ans[2]. Le gouvernement multiplie donc ces dernières années les tentatives de restriction. Il sanctionne pénalement la production et la vente

1. La tradition existait déjà sous les tsars – il paraît même que Vladimir, premier grand-prince slave à s'être converti à une religion monothéiste, au Xe siècle, aurait d'emblée écarté l'islam parce qu'il interdisait l'alcool.

2. En France, les hommes ont une espérance de vie de soixante-dix-huit ans.

illégale d'alcool, interdit la mise en scène d'hommes ou d'animaux dans les campagnes publicitaires, instaure un prix minimum de la vodka, la tolérance zéro au volant, etc. La police teste même l'Alcolaser, appareil censé détecter les vapeurs d'alcool émises par un buveur dans sa voiture, jusqu'à 120 kilomètres/heure. « Mais tu sais, Gorbatchev a essayé lui aussi de limiter la consommation dans les années 1980. Résultat : les gens se sont rabattus sur de l'alcool maison frelaté, encore plus nocif, produit à partir de liquide de freins ou de dissolvant, par exemple », me raconte une collègue. En outre, les règlements se contournent. Une alléchante « promotion » a fleuri une certaine nuit sur des kiosques, dans les rues de Moscou. Pour un sac en plastique acheté, une bière offerte ! Aubaine ou arnaque, à 47 roubles (soit 1,20 euro) le vulgaire sac de supérette ? Ni l'une ni l'autre : une loi venait d'interdire la vente de boissons alcoolisées entre 22 heures et 10 heures du matin.

Intoxication aux cadeaux

« Il est où mon cadeau ? » a remplacé le « bonjour » en guise de bienvenue. Personne ne peut grand-chose à cela : Aliocha est « cadeau addict ». Il les aime passionnément, au point que ça en devient pathologique. Dès qu'il reçoit un livre, il se jette sur la quatrième de couverture pour commander les prochains. Quand c'est un jeu, il réclame illico ceux que l'encart pub glissé dans la boîte met en avant. Sans penser une seconde à tester, bien sûr, celui qu'on vient de lui offrir. Ses parents et ses gouvernantes cèdent facilement à ses désirs, seulement l'affaire se corse quand des invités franchissent le seuil de la propriété les mains vides. Dans ces moments d'intense vexation, Aliocha part bouder dans un coin.

Ces impulsions ne cadrent pas vraiment avec l'image que tente de véhiculer Nastia, adepte du savoir-vivre. Elle a donc décidé d'engager un véritable combat pour que son rejeton cesse de réclamer. Mais pas maintenant, c'est bientôt son anniversaire. Il faut également exclure toutes remontrances pendant les vacances et le week-end, c'est normal d'être gâté dans ces moments-là. Reste la semaine. Nastia souffre le martyre pour le bien de son petit garçon en refusant de lui acheter un nouveau déguisement ou un bateau de pirates... Mais on ne peut pas empêcher les amis de la famille de se montrer généreux, ni même son propre père. Artiom ne change pas ses habitudes, qui considère la privation comme le mal absolu. C'est d'ailleurs abasourdi par l'horreur qu'il voit partir un soir la marraine d'Aliocha, qui vient d'oser se présenter chez eux sans aucun présent pour son filleul. « Incroyable, incroyable ! » martèle-t-il en arpentant de long en large le salon. La jeune femme voulait offrir à Aliocha un peu de son temps. C'est sans prix. Précisément.

Au supermarché

Une panne de papier toilette ? Le Perekriostok à côté de chez moi est ouvert vingt-quatre heures sur vingt-quatre. Cette enseigne au nom barbare me sauve toujours la mise.

En chemin, je lis, peint sur le trottoir en grosses lettres blanches : « Sans toi je ne peux pas vivre, je t'aime. » J'ai beau ne pas en être la destinataire, cette déclaration me met en joie. À l'entrée du magasin, un ado chantant à tue-tête « *Ya rouskii !* » (« Je suis russe ! ») me laisse gracieusement passer devant lui.

Je ne décide jamais à l'avance de ce que je vais cuisiner. Et c'est tant mieux, parce que l'approvisionnement ici suit une logique disons… aléatoire. Un jour, il y a des aubergines, des fonds de tarte et du lait de coco, le lendemain des choux-fleurs, du houmous et des nouilles chinoises. Aujourd'hui, les *ogourtsi* me donnent envie. Je me débats avec un sachet en plastique. Rien à faire, il refuse de se détacher du rouleau. « C'est pourtant simple, *devouchka* ! » intervient l'air courroucé une babouchka en m'arrachant le rouleau des mains. Elle aurait pu se contenter de prendre celui d'à côté pour me faire sa démonstration. Mais elle semble éprouver un malin plaisir à me tendre le sachet tant désiré.

J'avance rapidement vers le rayon biscuits et, là, miracle ! Ma marque préférée, celle que je traque désespérément depuis deux mois, trône en haut des étals. Je me jette sur les paquets et en saisis une dizaine pour remplir mes placards, on ne sait jamais.

Plus loin, le traiteur me fait saliver avec ses salaisons de légumes, salades Olivier, *kotleti*... Mais ne nous égarons pas si vite, j'ai besoin de beurre. La première fois que j'ai acheté des produits au rayon frais, j'ai tout jeté dans la foulée. J'ai compris depuis que sur les emballages, c'est souvent la date de fabrication qui est inscrite. Le rayon alcool, qui occupe bien le quart de la surface du magasin, me fait de l'œil lui aussi. Mais d'abord, je dois trouver de quoi nettoyer le vieux *samovar*[1] que des amis m'ont offert. Quand j'explique mon problème à l'employé en blouse aux couleurs du magasin, il me regarde, mutique. Puis tourne la tête sans répondre. J'abandonne.

À la caisse, je lorgne sur les revues : TV, people et *Forbes*. Tiens donc. Obsession de la réussite sociale oblige, les hommes puissants font tout autant rêver que les starlettes. Soudain, j'entends derrière moi : « *Devouchka*, je suis derrière vous. » Une phrase gratuite et inutile, pensez-vous ? C'est se méprendre sur la langue russe du quotidien, sans fioriture. Cette précaution sert simplement à conserver sa place dans la file d'attente pendant qu'on s'en éloigne pour aller

1. Bouilloire traditionnelle munie d'un robinet, utilisée pour garder au chaud l'eau du thé.

chercher un article. Coiffée de sa casquette verte et de sa blouse bleue, la caissière me lorgne d'un air méfiant. Il faut dire que, d'humeur légère, je lui souris, c'est suspect. Elle me demande mon âge et d'arrêter de sourire bêtement. Alors je m'efforce de garder le visage aussi froid que possible. Mais il tourne en une mimique embarrassée : j'ai oublié le papier toilette.

La chaleur des fourneaux

Mon portable sonne. « Tu n'as pas 10 000 roubles[1] sur toi ? » C'est Bruno, le cuisinier français. « J'ai besoin de payer le poisson et la carte de la *datcha*[2] ne passe pas dans le distributeur… » Faute d'organisation, le compte dédié aux courses n'est pas toujours approvisionné, mais le repas, lui, doit être prêt pour le soir, avec viande et poisson au choix.

Nous rentrons de l'école, je demande au chauffeur s'il a du cash pour faire un saut au magasin. Circonspect, il s'en réfère au chef de la sécurité, comme pour toutes les situations de crise. Le respect de la hiérarchie, c'est sacré, et en Russie plus encore qu'ailleurs. À croire que toute initiative individuelle serait suspecte.

Déjà élevés dans le centre de Moscou, les prix montent en flèche sur la Roubliovka. On se fournit bien sûr chez Azbouka Vkousa, la chaîne de supermarchés

1. 250 euros.

2. Maison de campagne en général, la *datcha* désigne ici la résidence de mes patrons.

la plus chère, et chez les « petits » commerçants. « J'ai mal au cœur de payer 5 000 roubles[1] pour deux malheureuses daurades, gémit le lendemain le nouveau cuisinier italien à sa sortie de La Marée, comme si cet argent allait lui être retranché de son salaire. Quelques croissants chez Wolkonsky : 700 roubles[2] ! En plus, dans un quartier huppé comme celui-là, ce sont des grand-mères qui te servent. Elles ne parlent même pas anglais ! Et lui, là, l'épicier ouzbek, je le vois bien, il fixe le prix des légumes en fonction des voitures qui s'arrêtent devant son étal… » Bons vivants, les Sokolov ne lésinent pas sur la qualité des produits. Quel qu'en soit le coût, il faut choisir les meilleurs. C'est l'une de leur plus grande fierté. Pour mon plus grand régal.

En principe, les cuisiniers achètent les produits frais sans connaître à l'avance le nombre de couverts. Il arrive que des invités surgissent au dernier moment. Parfois, le dîner est préparé pour rien. Pourquoi prévenir le personnel ? Leur travail manquerait de piquant. Les gouvernantes étant à la pointe de l'information, on nous presse de questions : « Les boss ne vont pas à un anniversaire ce soir ? » « Liza mange chez sa cousine aujourd'hui, non ? » « Le frère de Nastia, il reste pour dîner ? » Le plus souvent, en semaine, nous prenons nos repas dans la cuisine avec les enfants. Chaleureuse et animée, c'est le cœur de la maison. On y trompe son ennui dans les moments

1. 125 euros.
2. 17,50 euros.

d'attente, très fréquents. Les serveuses disposent des noix, du chocolat, des fruits secs… sur la table – et Nastia ne s'en prive pas. Liza y trouve toujours une bonne âme pour l'aider à faire ses devoirs de russe. On y raconte des blagues, on parie sur la présence ou non d'artichauts dans la *solianka*[1] qui bout, on se repoudre le nez, on partage les derniers potins, on suit une comédie sur l'écran de télévision.

Dans la future maison, encore plus grande, encore plus chère, un majordome régentera l'organisation générale des lieux. Les chefs disposeront d'une cuisine professionnelle séparée. Fini l'improvisation, les couacs de carte bancaire, les intrusions des employés à toute heure, leurs razzias dans le réfrigérateur…

1. Soupe traditionnelle à la viande.

La relève

L'*okhrannik* moustachu me scrute comme si j'étais sur le point de poser une bombe dans l'école. Les gardes privés chargés de la sécurité pullulent à Moscou, y compris dans les établissements scolaires. « Il regarde tout le monde comme ça », me rassure Liza en franchissant le portique de sécurité. Quand elle sera plus grande, elle en aura un rien que pour elle, qui la suivra comme son ombre.

Les photos de classe affichées sur les murs exhibent des écoliers en uniforme, veste et cravate pour les garçons, robe foncée pour les filles. Liza sort d'une leçon d'informatique. D'ordinaire, à l'école primaire, les enfants apprennent les rudiments du traitement de texte sous Word, s'exercent aux jeux éducatifs ou à mener des recherches sur Internet. Dans celle de Liza, ils créent des cartes de visite.

Quand l'établissement organise une sortie, il réserve les places à 6 000 roubles[1] du Bolchoï. Quand les professeurs programment un spectacle à destination des

1. 150 euros.

parents, ça chante juste et ça danse en rythme devant un public conquis.

En fin d'année, la classe tourne un film-souvenir dans lequel chaque écolier se présente individuellement devant la caméra, détaillant les matières qu'il aime ou non. La communication est un savoir-faire de base quand on a vocation à diriger. Ils apprennent aussi l'« étiquette ». Ces graines d'oligarques sont élevées dans des écoles privées internationales pour viser le meilleur, l'élite. Ils doivent s'habituer dès leur plus jeune âge à occuper les premiers rangs. Une classe d'héritiers puissante, les mains propres au contraire de leurs pères, pour lesquels se dessine l'avenir radieux.

Adieux

Sur la terrasse de la suite parentale, dans un palace cinq étoiles, je sirote du champagne en observant le miroitement du lac. Les enfants courent joyeusement. C'est ma dernière coupe de Cristal. J'ai décidé de retourner à la réalité. Bref, de quitter la famille Sokolov.

Happée par sa maman, Liza me tend un petit paquet. J'ouvre : un porte-monnaie Louis Vuitton. Nastia me le reprend presque immédiatement, frappée par une idée… Elle a oublié de glisser une pièce dedans avant de me l'offrir, pour me porter chance. Finalement, ce sera trois petits billets de 50 euros. « Je ne m'en fais pas pour vous, vous allez réussir dans votre nouvelle vie », me lance l'une de ses amies, invitée pour quelques jours. « Non, non, tout le monde a besoin de chance ! » lui rétorque Nastia, superstitieuse. J'offre à mon tour des présents à chacun – des livres, plus modestement, et un sac Cars à Aliocha. Je lui ai expliqué mon départ, mais il ne semble pas comprendre que c'est définitif, même si je le serre un peu plus que d'habitude contre moi. Cela dit, il s'accommodera aisément de mon absence. À cinq ans, il a déjà vu défiler neuf nounous, russes, anglaises ou françaises, pour s'occuper de lui. Il se souvient de chacune d'elles.

Le festin peut commencer, joyeusement arrosé de saint-émilion château Cheval Blanc classé premier grand cru. « Allez, goûtez les petites gourmandises, c'est excellent ! » me lance Artiom. Mon estomac frôle l'indigestion après le foie gras poêlé, les aubergines à la parmesane, les gambas… Mais je fais un effort, le dernier banquet du condamné à la vie ordinaire. Allez hop ! deux verres de cognac et il n'y paraîtra plus. Il est temps de regagner la chambre avec Liza.

Le lendemain matin, avant de partir, je la prends dans mes bras et réussis à l'embrasser, un miracle. Pas de larmes, c'est la vie. Elle restera pour toujours ma petite princesse.

REMERCIEMENTS

Merci à Thomas, à ma chère Céline et à Cyril, à mes bonnes étoiles François et Marie, à ma pétillante tribu moscovite, aux collègues qui ont partagé l'expérience avec moi, à ma famille bien-aimée et à mes amis sincères.

Table

PAPIER À BASE DE
FIBRES CERTIFIÉES

Le Livre de Poche s'engage pour l'environnement en réduisant l'empreinte carbone de ses livres. Celle de cet exemplaire est de :
200 g éq. CO_2
Rendez-vous sur
www.livredepoche-durable.fr

Composition réalisée par NORD COMPO

Achevé d'imprimer en janvier 2014 en France par
CPI BRODARD ET TAUPIN
La Flèche (Sarthe)
N° d'impression : 3003612
Dépôt légal 1re publication : février 2014
LIBRAIRIE GÉNÉRALE FRANÇAISE
31, rue de Fleurus – 75278 Paris Cedex 06

31/7792/0